T0243171

Miramar

Gloria Peirano

Miramar

ALFAGUARA

Papel certificado por el Forest Stewardship Council®

Primera edición: abril de 2023

© 2022, Gloria Peirano
© 2022, Penguin Random House Grupo Editorial, S. A.
Humberto I 555, Buenos Aires
penguinlibros.com
© 2023, Penguin Random House Grupo Editorial, S. A. U.
Travessera de Gràcia, 47-49. 08021 Barcelona

© Diseño: Penguin Random House Grupo Editorial, inspirado en un diseño original de Enric Satué

Penguin Random House Grupo Editorial apoya la protección del *copyright*.
El *copyright* estimula la creatividad, defiende la diversidad en el ámbito de las ideas y el conocimiento,
promueve la libre expresión y favorece una cultura viva. Gracias por comprar una edición autorizada
de este libro y por respetar las leyes del *copyright* al no reproducir, escanear ni distribuir ninguna
parte de esta obra por ningún medio sin permiso. Al hacerlo está respaldando a los autores
y permitiendo que PRHGE continúe publicando libros para todos los lectores.
Diríjase a CEDRO (Centro Español de Derechos Reprográficos, http://www.cedro.org)
si necesita fotocopiar o escanear algún fragmento de esta obra.

Printed in Spain – Impreso en España

ISBN: 978-84-204-7492-2
Depósito legal: B-19269-2022

Impreso en Huertas Industrias Gráficas, S. A.
Fuenlabrada (Madrid)

A L 7 4 9 2 2

I

1

Mi madre suele decir que su matrimonio fue una decisión que se renovaba día tras día. En cada oportunidad, dice, ella sabía que estaba eligiendo. Pero siempre terminaba quedándome con tu padre, sonríe, y yo me la imagino como una niña difícil que deshojaba una margarita. Él le llevaba diez años. Había entre ellos un valor que intercambiaban, una moneda que se pasaban entre sí y, aunque jamás ninguno de los dos nos habló de esto, mi hermano y yo lo respiramos desde que nacimos: mi madre era la dueña de la juventud y era quien dispensaba esa gracia o podía retacearla a su antojo.

Pensé mucho en ellos en estos últimos años, en especial en la época inmediatamente anterior a la muerte de mi padre. Mi madre tenía treinta y cuatro; él, diez más. En ese entonces faltaba apenas un año para que enfermara y muriera, pero todavía estaba intacto, no sabía, nadie sabía. Ella fumaba mucho, leía revistas antes de dormir, me dejaba jugar con sus pulseras de plata, se reía fuerte, se peleaba con mi hermano como un chico más, era dura, mala a veces, pero es él, mi padre, lo que más me interesa, era él quien iba a morirse pronto. El vértigo de lo que iba a suceder tiene ahora el efecto de una foto: la muerte los inmoviliza en la juventud, en el reino dorado de mi madre, todavía sexuales, aún inocentes, y es así como los imagino desde hace tiempo. Nunca tendré padres viejos. Aunque mi madre viva hasta los cien años, permanecerá imantada a esa figura que formaban juntos.

Tal vez esté pensando en una foto real, una que a Miguel le gustaba mucho. Cuando yo era chica estaba sobre la cómoda en la habitación de mis padres, enmarcada en un gran portarretratos de madera. Apenas entraba en ese cuarto enorme y siempre en penumbras, la foto en blanco y negro dominaba mis movimientos, los atraía, como si las manos que dormían en el retrato se despertaran de golpe y se agitaran hacia mí. Las manos de mis padres jóvenes. Era una foto de la luna de miel, en Bariloche, a principios de los sesenta. Sobre un fondo lejano de montañas que parecían pintadas a la acuarela, mi padre aparecía parado, sonriendo, con una polera cuyo cuello le llegaba hasta las orejas, y mi madre, con el pelo batido, estaba acostada a sus pies sobre el pasto, las piernas ligeramente curvadas, una semisonrisa de la que asomaban sus dientes de ratón. Él tenía un aspecto frágil, la ropa le colgaba un poco del cuerpo. Ella, en cambio, parecía haber interrumpido por un instante el retozo, contener una respiración jadeante, y también daba la impresión de querer retomar el impulso, salirse del cuadro, desaparecer. Me pregunto si ya en esa época decidía todos los días si se quedaba o no con mi padre.

Una noche los escuché discutir a los gritos. Ella llegó muy tarde, entró directamente a su dormitorio, se encerró, se puso a llorar. El taco de sus zapatos martillaba los pisos de madera. Mi padre la siguió. Los gritos cubrieron el sonido del televisor, oscurecieron los ojos de mi hermano. Después de un rato de pelea, mi madre gritó más fuerte que nunca y su voz se afinó hasta convertirse en un alarido. A veces, cuando tomamos el té en su balcón, me acuerdo todavía de esa noche, del aullido casi inhumano que salió de esa habitación, y observo sus manos delicadas que sostienen la taza o sus labios pintados de color cereza, y me parece increíble que esta mujer frágil y coqueta que entrecierra los ojos con el último sol haya sido alguna vez esa bestia herida de muerte que bramaba frente a mi padre. Imbécil, le gritó una y otra vez esa noche. Aullaba y zapateaba contra el piso, y la casa estaba casi a oscuras, las habitaciones eran nichos profundos impregnados del olor de mi madre, el olor ácido de su violencia. Muertos de miedo, mi hermano y yo nos acercamos hasta la habitación. Tocamos los vidrios de la puerta de doble hoja, entrevimos las sombras, detrás de las cortinas. Mi madre dejó de gritar. Entonces escuché el llanto de mi padre, un sollozo que parecía el de un niño, y le dije a Hernán que nos fuéramos a dormir.

No puedo olvidarme de esa noche. La luz del velador en el interior de la pieza era azafranada. Mi madre llevaba pulseras de plata que tintineaban cuando caminaba alrededor de la cama. Sus movimientos eran rápidos, precisos. Transpiraba, retorcía las manos, insultaba. Él estaba sentado en la cama, había puesto la cabeza entre las manos. Tenía una nuca perfecta, mi padre, una nuca que ella nunca podría olvidar, pero todavía era demasiado pronto para tomar en cuenta las evocaciones futuras, aún la vida rugía, era urgente, se precipitaba. Ninguno se detuvo ni siquiera un instante en considerar la incipiente fatiga de mi padre: lo que los animaba era la fascinación de odiarse. Estaban alertas como fieras. Incluso él, con la cabeza entre las manos, estaba midiendo el efecto de sus movimientos. Hacía tiempo que no era el hombre de la foto de Bariloche. Pero entonces no lo sabían y tal vez jamás lo iban a saber, porque la mirada que ahora pone en perspectiva la foto y esta noche de pelea es la mía, soy yo la que hace dos años, desde que Miguel me dejó, se esmera en armar este rompecabezas. Ellos, mis padres, son las piezas que trato de hacer coincidir entre sí. Él apoyaba la cabeza entre las manos y se sentía extrañamente fatigado porque estaba empezando a enfermarse, faltaban apenas algunos meses para que muriera, pero mi madre creía que le gritaba a un hombre fuerte. La luz del velador temblaba un poco cuando ella alzaba la voz.

Me lo dijo una tarde de domingo, cuando volvíamos de la plaza. No habíamos discutido, y el aire del verano era transparente mientras caminábamos detrás de Julia, nuestra hija. Me había comprado un solero azul la tarde anterior, en una feria americana. Qué linda estás, me dijo Miguel, y esas palabras, o tal vez el sol apretándome los breteles o esos zuecos de madera de los que sobresalían un poco mis talones, me dejaron libre para correr como otra niña. Me lo dijo por primera vez cuando volví de una de esas carreritas, esperando, quién sabe, que avanzara de nuevo para después retroceder hasta él, que repitiera ese movimiento para borrar una y otra vez la eternidad de nuestra vida. Me enamoré de otra mujer, dijo, simplemente.

Mi madre, que enviudó a mi edad, hace de cuenta que sigo casada. Su forma de ignorar mi estado civil consiste en dosificar las menciones de Miguel, soltarlas al pasar como si no le importara, pero previendo a cada paso, en cada conversación, una economía de esas referencias. Casi nunca habla directamente de él, ni pregunta por él, e incluso si yo misma lo nombro en algún momento, ella deja pasar la ocasión, con la astucia de una buena jugadora de truco. Y espera. Siempre, de modo indefectible, llega el instante preciso en que logra empalmar la mención de Miguel con una circunstancia doméstica, como una madre cualquiera hablando con una hija cualquiera de un marido que se fue al trabajo, que está en el baño, que duerme el sueño de los hombres casados junto al murmullo mujeril de la conversación telefónica.

Es cierto que, cuando recién me separé, me preocupaba el hecho de que mi madre no aceptara el estado de cosas, como si su terquedad a la hora de reconocer que Miguel me había abandonado fuera la parte visible del iceberg que yo llevaba adentro. Después terminé por entender que su modo de digerir lo que había pasado consistía en acumular la reserva de ese matrimonio que nos había hecho tan felices a las dos, en atesorar el recuerdo pero no para llorar sobre él como una viuda española sino para mantenerlo vívido y fresco a través de los años. Ambas habíamos sido muy felices con Miguel, del modo casi imperceptible en que a veces son felices algunas familias. Seguramente creyó que duraría para siempre, ese silencioso trío que almorzaba los domingos en su departamento o iba al cine algún viernes a la noche. Una mujer ya madura con dos jóvenes hermosos que la trataban amablemente. Una pareja con una madre sentada en el asiento de atrás, dócil como un niño en una silla para auto, sonriéndole a la velocidad.

El impacto fue espantoso para ella, que creía que la tragedia no podría repetirse casi idéntica en una misma vida. «Tu padre que decidió morirse y Miguel que se fue de esta forma...», me dijo la única vez que la vi llorar por mi divorcio. Lloraba sin escándalo, con un dolor que atravesaba los años, más por mi desgracia que por su larga viudez, porque justamente mi matrimonio había sido su segunda oportunidad, la anhelada revancha. Pero esa fue la única vez, y después se dedicó a ignorar lo que había sucedido, como si un mero acto de voluntad pudiera retener —solo para ella, en una eterna función privada— la apariencia intermitente de la felicidad.

Me enamoré de otra mujer, dijo Miguel. La felicidad parece cabal, había dicho muchos años antes, cuando vio por primera vez la foto de Bariloche en el departamento de mi madre, colgada de la pared. Su dedo estaba apoyado sobre la figura de mi padre. Le señalé a mi madre, su posición en el pasto, la tensión que latía en su sonrisa. Acá parece que no, le dije. Miguel se largó a reír. Me da un poco de pena esta foto, dijo después. Nos quedamos en silencio. Vimos la luz que arrojaba el futuro sobre la imagen.

2

Hace dos años, cuando Miguel se fue, en esas primeras noches de soledad, le pedí a mi madre el proyector y me puse a mirar viejas películas familiares. Una vez que Julia se dormía, sacaba la caja donde estaban guardadas y elegía una, guiándome por el título que mi madre había anotado con su letra nerviosa mucho antes. Miré cantidad de veces una película que filmó mi padre en la playa de Miramar cuyo título era simplemente un año: *1972*. Yo sonreía a la cámara y jugaba con una pelota de goma. La mano de mi madre me acariciaba la espalda. Mi hermano corría alrededor de un castillo de arena, aplaudía, tenía mucha arena en la cara. No había sonido. Yo abría la boca y decía algo. El viento traía al cuadro las puntas ondeantes del pelo de mi madre.

La casa de Miramar está a diez cuadras de la playa, sobre la calle que lleva al vivero. Es un chalé de un solo piso, rodeado de los árboles que mi padre iba plantando cada verano. Debe haber sido difícil lograr que las raíces se desarrollaran en ese suelo arenoso. Mi madre dice que mi padre pasaba mucho tiempo en el jardín, con las botas negras y los guantes de goma que todavía están en el armario del garaje. Dice que él iba muy poco a la playa, que nos llevaba en auto y bajaba las reposeras, los baldecitos, apurado por volver a sus árboles.

El mar, entonces, siempre fue de mi madre. Nos vigilaba desde la sombrilla, alzando cada tanto los ojos de un libro. Sus piernas me parecían violentamente hermosas cuando se levantaba de golpe y corría por la arena hirviente para decirle a mi hermano que no se alejara de la orilla o para pedirme que le fuera a comprar algo al quiosco del balneario. Tenía la cicatriz de la cesárea en el vientre, un tajo vertical que partía su ombligo y era bastante desagradable, pero nunca usaba malla enteriza. Era obra de mi nacimiento, esa cicatriz, porque mi hermano nació por parto natural, pero conmigo las cosas se habían complicado. Una vez, mientras ella estaba acostada tomando sol, transpirada y semidormida, toqué el reborde carnoso de ese costurón, lo repasé suavemente con el dedo. Su vientre era chato, olía a sal.

Si el día era lindo, almorzábamos en la playa. Alrededor de la una del mediodía, mi padre aparecía con la heladerita de viaje llena de sándwiches o de porciones de tarta y se quedaba un rato con nosotros. Después volvía a la casa. Subía de dos en dos los escalones hasta el estacionamiento del balneario y nos saludaba varias veces a medida que se alejaba.

El último año ya no fuimos en auto. Teníamos un Dodge 1500, color mostaza, que nos había llevado y traído por la ruta 2 en unas cuantas vacaciones. Siempre miraba manejar a mi padre. Me acomodaba en el medio de los asientos delanteros: la hija de esos adultos silenciosos que me flanqueaban. Era una sensación que se iba afianzando con la velocidad. Mi madre cebaba mate, prendía y apagaba la radio, estaba inquieta. Mi padre se aferraba al volante con la espalda tiesa y los brazos tirantes, era el capitán del barco, la garantía de que todos llegaríamos sanos y salvos a Miramar. Yo seguía los movimientos de sus manos, la presión de sus piernas sobre los pedales, el circuito de sus ojos que iban de la ruta al espejo retrovisor, de la ruta a mi madre.

No fuimos en el Dodge ese último año aunque mi padre insistió hasta el final. Odiaba los viajes en micro. Decía que los micros eran para las personas que viajaban solas, que las familias necesitaban un auto. Una familia dentro de un caracol, una familia cantando. Pero mi madre y el médico se pusieron inflexibles, y el último verano de su vida mi padre partió hacia Miramar desde la estación Retiro en un micro lleno de personas solas que no cantaban.

—Qué mierda es esto —me dijo cuando arrancamos.

Iba sentada junto a él, mi madre iba con mi hermano en el asiento de atrás y casi no hablaron durante el viaje. Nosotros, en cambio, nos pasamos esas horas conversando sobre las vacaciones en Miramar. Teníamos diez años de pasado en común, diez veranos para recorrer y mejorar, y nos turnamos en el palacio de la memoria con rabiosa eficacia, tal vez porque ambos ya sabíamos que pronto se acabaría todo, y era indispensable que alguien conservara los recuerdos. Mi padre pensó, seguramente, que yo era la mejor para la nostalgia, la más inquebrantable, y por eso me habló sobre los primeros veranos, los árboles originales, el cerco de ligustros que había plantado en mil novecientos setenta, el jardinero que tuvo que echar porque le robó la rueda de auxilio del Dodge, los amaneceres en el espigón de pescadores.

Yo también me acordaba de esos amaneceres. Le dije que me daba mucho miedo caerme al mar, que los baldes con pescados de ojos rojos eran algo inolvidable, especialmente bajo la luz del sol naciente, cómo se movían de pronto, un espasmo en la semioscuridad, un coletazo dentro del balde, y después el cielo anaranjado, las olas que querían llevarme, los pescados ya rígidos.

—Fue un buen enfermo —me dijo mi madre una vez, muchos años atrás. Ya coleccionaba esas frases hechas para referirse a él, tenía un repertorio cerrado que sacaba a relucir cuando se lo mencionaban. En algún momento de su vida posterior a la muerte de mi padre, había dejado de hablar fluidamente sobre el pasado.

—¿Qué querés decir con que fue un buen enfermo? —le pregunté.

—Se conformaba —dijo.

No sé si de verdad se conformaba. Ese último verano en Miramar nos preguntaba por los detalles más ínfimos de lo que habíamos hecho en la playa. Quería ramilletes de acciones nítidas, la maquinaria de los niños funcionando a todo vapor, y se iba enfervorizando a medida que le contábamos, preso dentro de sus ojos líquidos, y nos escuchaba bebiendo lo que decíamos, tal vez como nunca antes nos había oído. Mi hermano y yo, eufóricos ante tanto embeleso por nuestras pequeñas aventuras, agrandábamos las cosas, e incluso las representábamos. Éramos actores de una función exclusiva para mi padre, un espectáculo que se prolongaba en los atardeceres, hasta que mi madre nos llamaba a cenar. A veces, mi padre nos pedía que representáramos *Mujercitas*. En realidad, no recordaba el nombre, decía algo como «eso que estuvieron haciendo en casa con María» y hacía un gesto extraño con la mano, súbito y ampuloso, un poco excesivo para las fuerzas que le quedaban. De manera que esos últimos atardeceres en Miramar los repartíamos entre «la obra del día de

21

playa», en la que mi hermano y yo construíamos altísimos castillos de arena con la tierra del jardín y nos zambullíamos de cabeza en olas imaginarias, y *Mujercitas*, «el suceso del invierno», como llegó a decir una vez mi padre, con esos ojos blancos que nos atravesaban.

Yo era Amy, mi amiga María era Jo y mi hermano Hernán alternaba entre Meg, la hermana mayor, y Laurie. Eso está en otra película. Allí soy una chica de vincha blanca y piernas esqueléticas que representa una escena de *Mujercitas*. Es el año anterior a que mi padre se enfermara. La letra de mi madre ajusta el tiempo: invierno de 1977. Para el papel de Meg, usábamos una peluca de pelo original que tenía mi madre. Una vez Hernán volcó un vaso lleno de Nesquik sobre la peluca y la arruinó. Desde ese día fue siempre Laurie, aunque María insistía en que fuera Beth, la hermana frágil que tocaba el piano y se moría. Decía que para el rol de Beth no importaba que la peluca estuviera arruinada, que justamente las manchas de leche chocolatada le darían el aspecto terminal que el personaje requería. Meg, claro, no podía de ninguna manera tener esos pelos tiesos y descoloridos. María sabía qué ropa debíamos usar para desempeñar tal o cual papel, dónde debíamos ubicar los sillones en los que Amy y Jo se sentaban a leer juiciosamente libros que cultivaran la virtud, cómo era la voz de Laurie, el color de la hiedra que veían las hermanas por la ventana, la consistencia de la nieve por la que se deslizaban las sillas del comedor que usábamos como trineos. Se quedaba ronca explicando una y otra vez los detalles de cada escena y cuando las cosas nos salían bien, cuando alcanzábamos el punto exacto de rigor dramático y de espíritu puritano, fluía por las escenas que inventábamos con una excitación tremenda.

Ese juego fue la antesala de la enfermedad de mi padre. De manera que yo estaba preparada para afrontar el papel que me tocaría en esa función. Cuando la enfermedad apareció en nuestras vidas, y con ella las transformaciones que se operaron en la casa, en los hábitos de nuestra familia, empecé a sentir que éramos por fin las hermanas March, que mi padre estaba desempeñando como nadie el papel de Beth, acostado en la penumbra de su pieza, misterioso y frágil, junto a la mesita de luz llena de frascos y papeles donde había que anotar los horarios de los remedios. La vida era cruel, era inesperada, pero había un vibrante efecto estético en la ilusión de ser la enfermera perfecta, la más paciente, la más solícita, y correr de aquí para allá en esa casa dada vuelta como un guante por la amenaza de la muerte, con la sonrisa inalterable de Jo March. Algo muy profundo en mí había enloquecido con los ritos de la enfermedad. Torcida, deformada por la tensión dramática de una escena real donde había gasas y olores reales, me sentía Jo March de *Mujercitas* al levantarme cada mañana, era la nena de vincha impecable sobre mi pelo oscuro y, paradójicamente, era feliz.

3

Mi madre se cae en la calle. Me llama desde una farmacia donde la están atendiendo y me pide que la vaya a buscar. Parece asustada. Mientras habla conmigo le agradece al mismo tiempo al farmacéutico que la ha ayudado. Conmigo es melodramática e imperativa, pero con él usa la vieja voz dulzona que hacía sonreír a mi padre. Por este detalle me doy cuenta de que no es nada grave. Se ha golpeado la rodilla derecha, «la rodilla de la artrosis», como ella la llama, y quiere que la vaya a buscar. Está a veinte cuadras de mi casa.

—Fue el empedrado —me dice por teléfono.

Julia me acompaña a buscarla. No conformamos un séquito numeroso ni, por cierto, muy entusiasta, pero se pone contenta al vernos, sentada con la pierna en alto en el cubículo detrás del mostrador donde se toma la presión y se dan inyecciones, y nos presenta a todos los que la ayudaron como una reina que señala a su escolta. Somos su única familia, hemos ido a rescatarla. Ella, estoy segura, hubiera preferido que Miguel encabezara la comitiva, el padre, la madre, la hija, y entonces su gesto orgulloso al presentarnos

25

hubiera alcanzado el impulso que tenía en otros tiempos.

—Vamos a tu casa —me susurra, apenas salimos de la farmacia.

Me doy cuenta de que quiere que la cuide. Tomamos un taxi. Julia y ella piden las ventanillas, así que me ubico en el medio. Cuando arrancamos, mi madre abre la ventanilla y pone la cara al viento, como si ella fuera la niña de nuestra familia, mientras que Julia se queda quieta y en silencio durante el viaje, como si ella fuera la abuela lastimada. Miro un par de veces el perfil de mi madre, la piel opaca por la saturación de polvo cosmético, la nariz pequeña con la que jugaba a olerme cuando yo era chica y a ella le daba por jugar a la hembra con su cachorra. Sobresaliendo un poco por debajo del ruedo de su pollera, en la rodilla, tiene un moretón de bordes violáceos.

Quiere que la cuide. Pero, a decir verdad, ella nunca supo cuidar a los enfermos. No tuvo la fortaleza necesaria para afrontar el túnel de la enfermedad. Con mi hermano y conmigo se comportaba como una criatura más, vivamente interesada en los detalles truculentos del sarampión o de la gripe, pero su interés llegaba solo hasta las manifestaciones físicas, hasta el atractivo del sarpullido o de las almohadas calientes, y allí se detenía, limpio e inocente, y ella ya quería hacer cualquier otra cosa. Mi padre, que la conocía mejor que nadie, le ahorró desde el principio los sinsabores de su padecimiento. Su enfermedad era un monstruo demasiado avieso para el delicado aleteo que mi madre describía por la casa. Ambos parecieron despedirse para siempre apenas empezaron los síntomas de la enfermedad y cada uno se ensimismó en su propia cueva de rabia y dolor. Mi padre se hizo más y más ausente a medida que avanzaba el cáncer. Mi madre se replegó en una furia de dientes apretados, mortalmente ofendida por un destino adverso que no esperaba y que nunca terminó de aceptar. Muchas veces me pregunté por qué no se refugiaron uno en el otro para soportar mejor la desdicha.

—En esta casa siempre hace frío —le dice mi madre a Julia, cuando llegamos.

El fastidio no termina de colmarme hasta más tarde, pero ya desde el primer momento, apenas entramos y ella se acomoda en el sillón con la pierna sobre una banqueta, tengo la impresión de estar metiéndome en una pileta llena de sopa. El viejo caldo entre mi madre y yo, espeso, oloroso, íntimo de un modo solamente físico. Me pide que le acomode la banqueta, le dice a Julia que le traiga un poco de agua, y después, una vez instalada, nos mira satisfecha.

Quiero ser honesta con el uso de las palabras. Digo que es fastidio lo que me provoca la presencia de mi madre en casa pero, en realidad, se trata de un sentimiento mucho más complejo, esa clase de estados de ánimo que se fraguan lentamente, hasta que llegan a ser apremiantes. Estamos demasiado cerca otra vez, es eso. Tal vez es esa proximidad la que nos lleva a recordar esa extraña conversación telefónica que tuvo mi padre días antes de morir. Después de años de ceñirse al mismo repertorio de recuerdos, mi madre me habla por primera vez de ese llamado.

Sucede después de almorzar, mientras yo lavo los platos. Ella se sienta en la cocina, con la pierna en alto, y hace preguntas sobre mi vida, una tras otra, sobre mi trabajo y sobre Miguel, pero como yo contesto con monosílabos, termina por quedarse en silencio.

—Se me está hinchando la rodilla —dice después de un rato.

Me doy vuelta y la miro.

—No es nada.

—Parece la rodilla de un jugador de fútbol.

—Es solamente un moretón, mamá.

—Tu padre me decía que yo pronunciaba la palabra fútbol como la pronuncia la gente que no sabe nada de fútbol, ¿sabés?, marcando mucho la t, fútttbol, así.

—Queriendo hacerse los finos —digo, con una sonrisa. Me lo ha contado cientos de veces.

—Pero yo le decía que no había diferencia —sigue ella—, que él también decía fútbol como yo.

Julia entra en la cocina, va directamente hacia la heladera y saca una botella de agua. Mientras se sirve, mi madre susurra:

—Dijo esa palabra cuando estaba muy mal, esa vez que pidió que Simón extendiera la conexión del teléfono.

Dejo de lavar los platos. Julia toma agua a grandes sorbos y nos mira. El recuerdo empieza a desprenderse del pasado, como un insecto resbalándose de una pared.

—¿Papá le pidió a Simón que le extendiera el teléfono?

—Sí, ¿no te acordás? —Ya no susurra.

—Me acuerdo un poco —digo— ¿y con quién era que quería hablar?

Hace un breve silencio.

—No quiso decir con quién. Fue el día antes de que perdiera el habla.

Mi madre no es honesta con el uso de las palabras. No le interesa decir la verdad de una manera sencilla. Solo quiere ajustarse a su colección de recuerdos sobre mi padre. Por eso, una vez que dice lo que dice, me resulta muy difícil saber algo más. A duras penas logro sonsacarle lo que ella escuchó detrás de la puerta mientras mi padre hablaba por teléfono. *Cancha de fútbol*, me dice que escuchó. La palabra de la discordia, fútbol, dicha por mi padre a su misterioso interlocutor con la misma entonación artificial de la que se burlaba. También me dice que escuchó *Monumental*, o algo así.

—¿La cancha de River? —le pregunto.

—Supongo —responde mi madre y agrega—: Fue el día antes de que perdiera la conciencia.

No dice nada más. Baja los ojos hacia la rodilla, vuelve a decir que está hinchada. Julia termina de tomar agua y se va de la cocina. Mi madre y yo nos quedamos otra vez en silencio. Miro sus piernas, la curva del empeine con ramilletes venosos, los tobillos gruesos debajo de las medias ultrafinas.

Seguro que se puso en puntas de pie para acercar la cabeza hacia la puerta, apoyándola apenas, y así tratar de escuchar lo que decía mi padre en el teléfono. Usaba tacos altísimos en ese entonces. Una pollera tableada, como la de una escolar tardía, y buenos zapatos de cuero negro.

Pero ella ya no quiere contarme. Soy yo la que tiene que decir con palabras sencillas qué pasó verdaderamente.

—Solo —dice mi padre.

Junto a la cama están mi madre y el fiel amigo Simón. Nadie habla. Mi padre tiene los ojos abiertos, fijos en el techo, y las manos extendidas sobre la frazada a ambos lados de su cuerpo. Mi hermano y yo miramos televisión en el comedor. Tenemos prohibido entrar en la habitación de mis padres sin permiso. Yo lo pido muchas veces por día. Abro la puerta despacito, y lo veo, ahí, bajo la luz almibarada del velador, siempre sonriente para mí. Pero ahora probablemente no sonríe, está esperando una respuesta. Tal vez mi madre se sienta en la cama. Le toma una de las manos, entrelaza sus dedos con los de él.

—Claro, hombre —dice Simón.

Mi padre acaba de decir que quiere hablar por teléfono con alguien. No sé qué dijo exactamente, no pude escucharlo porque estoy en el comedor. Pero seguro es eso, o algo muy parecido. Los ojos de mi madre lo interrogan, se dulcifican, parecen decirle que puede pedir cualquier cosa, y luego vuelven a alejarse, incrédulos. Entonces mi padre dice que para hablar por teléfono quiere estar solo. Le cuesta mucho levantarse, ellos lo saben. Por eso Simón tendrá que alargar la conexión del teléfono hasta el dormitorio. Tiene que ir hasta la ferretería de la otra cuadra a comprar un cable. Es mi padre quien da las indicaciones, incorporándose un poco, pasándose los dedos por el pelo grasiento de los enfermos, y mi madre y Simón lo escuchan como si se tratara de un iluminado, o como si se hubiera curado de pronto, y quieren complacerlo a toda costa.

—Se lo puede tirar por la banderola —dice Simón. Está hablando del recorrido del cable. Es lo único que oigo desde el living, mientras simulo mirar televisión. Hace tiempo que aprendí a simular que miro televisión. Me quedo horas frente a la pantalla, la tarde entera, mientras mi padre agoniza.

Al ratito, Simón sale de casa. Mis padres se quedan en absoluto silencio, como tantas veces cuando están solos. Después de diez minutos, Simón vuelve con el cable y empieza a preparar la conexión.

—Tu papá quiere hacer un llamadito —me dice. Se agacha detrás de la mesa del teléfono. Sus manos se mueven entre cables negros. Después se levanta llevando uno hasta el dormitorio de mis padres, avanza por el pasillo con pasos cortos, midiendo la longitud del alargue. Lo sigo, le pregunto si necesita ayuda.

—Traé el teléfono —me dice.

Cargo el aparato desconectado hasta la habitación de mis padres. Soy diligente, como siempre. Tengo ojos grandes, bien abiertos, que comprenden rápidamente las órdenes breves que se dan en las casas donde hay un enfermo.

—Ponelo sobre la mesita de luz de tu papá —me dice Simón.

Mi padre se hace el dormido. Lo sé porque veo cómo le tiemblan las pestañas. Mi madre no deja de mirarle las manos. Yo dejo el teléfono sobre la mesita y salgo otra vez.

Simón también es diligente. Somos una especie silenciosa. Vuelvo a mi lugar frente a la televisión y, desde ahí, mientras mi hermano dice no se qué cosas sobre el Llanero Solitario, escucho los movimientos de Simón, el golpe del cable contra uno de los bordes de la banderola, el murmullo de mi padre diciendo que quiere que la puerta esté bien cerrada, y después, creo que ya no escucho, solamente imagino su índice discando el número de alguien que no sabemos quién es.

—¿Cómo que no quiso decir con quién? —le pregunto a mi madre.

Se mira la rodilla.

—No quiso —dice.

Luego enfoca las manos, como si allí tuviera el puñado de estampas del pasado con las que ilustra su vida.

—Era una mujer —le digo.

No se trata de una revelación, por supuesto. Las palabras, que entre otra madre y otra hija podrían sonar brutales, son apenas tristes.

—¿Era una mujer? —pregunto.

Pero mi madre jamás va a contestarme.

4

Claro que podría dejar todo como está. Pero me aparece la necesidad de averiguar sobre el misterioso llamado que hizo mi padre esa tarde de mayo de mil novecientos setenta y ocho. *Cancha de fútbol*, le dijo a la persona con quien estaba hablando, o por lo menos eso es lo que mi madre escuchó, y curiosamente él murió un día antes de que empezara el Mundial. De pronto se vuelve urgente, definitivo, el deseo de saber con quién habló por teléfono mientras agonizaba. Le pregunto otra vez a mi madre, pero vuelve a evadir una respuesta. Entonces llamo a mi hermano. Está de viaje por el sur de España. Le dejo un largo mensaje en el contestador de su piso de Barcelona en el que le explico con pelos y señales, como si estuviéramos hablando frente a frente, lo que estoy tratando de averiguar. Después aprieto la tecla para repetir el mensaje y escucho mi voz didáctica y ronca contando, del otro lado del océano, la vieja historia de los dos hermanos que miran televisión mientras su padre se apaga lentamente en la habitación de al lado. La luz de esa escena del pasado es amarillenta y mi voz en el contestador parece haberse teñido de ese color, pero conserva al mismo tiempo cierta frescura, como la voz de una niña que hubiera envejecido de pronto. A pesar de todos estos efectos especiales, mi hermano no contesta.

Decido buscar a Simón Conde, el antiguo amigo de mi padre. Lo encuentro en un geriátrico de Colegiales. Hablo por teléfono con una de sus hijas, le pregunto si recibe visitas. Me responde que seguro le alegrará verme y me da las indicaciones para llegar al geriátrico. También me recomienda que sea paciente con su padre, ya que sufre de mal de Alzheimer.

Lo voy a visitar una mañana de sábado y llego, siguiendo las instrucciones, hasta la entrada de un chalé de dos plantas en una calle con tilos. Toco el timbre y, al rato, una enfermera viene a abrirme. Me conduce por una serie de habitaciones en penumbra hasta el parque. Por el efecto súbito de la luz, trastabillo y la enfermera retrocede hasta mí para preguntarme si me siento bien. Después me guía hasta el fondo del jardín, donde un viejo con los ojos cerrados está sentado en un banco.

Lo único que sabe es su nombre: Simón Conde, un gusto, me dice, extendiéndome una mano huesuda y morena. Los otros ancianos, diseminados en bancos del parque, nos miran de reojo. Durante toda la visita me siguen esos ojillos ávidos. Aparecen en cualquier lugar, brotan de las habitaciones y de la cocina comedor, y me persiguen por el parque, fijos en mí. No me costó mucho encontrarte, le digo, cuando la enfermera que me abrió la puerta de entrada y me llevó hasta él nos deja solos. Simón tiene entre sus manos un juego de dados y no deja de mirarlo. Soy Victoria, la hija de Rafael, tu amigo, le digo. Él levanta la mirada y dice otra vez: yo soy Simón Conde, un gustazo. Me invita a sentarme en el banco. Tengo la impresión de que lo logré: fue bastante fácil encontrarlo, está frente a mí, y ahora voy a saber a quién mi padre llamó por teléfono esa noche. Llego a pensar, con un atisbo de desazón, que hubiera preferido que las cosas se demoraran un poco más, que tuvieran el signo de algún esfuerzo de mi parte. Tomá los dados, me dice Simón. Los agarro. Se queda en silencio, mirando hacia el parque. Señala con el índice a una enfermera que sale del comedor. Ahí viene esa guacha, me dice. Nos baña con agua fría, esa guacha, nos saca los cigarrillos.

—Soy la hija de Rafael —le digo otra vez. Espero que me mire, que dé vuelta la cabeza y me reconozca.

—Rafael, claro —dice, pero no me mira.

—Vos y él eran grandes amigos.

—Rafael, claro —repite y después dice—: Margarita se llama esa guacha. Dame los dados. Dámelos.

Se los doy.

—Claro que me acuerdo de Rafael —dice, sonriendo. Su voz se vuelve grave.

—¿Qué te acordás?

—Que era un gran amigo.

—Yo soy su hija, Simón.

Da vuelta la cabeza y me mira.

—Rafael no tenía hijos, me parece.

—Sí —le respondo—. Tenía dos.

—Rafael era un guacho que nos sacaba los cigarros.

Hace un largo silencio.

—¿Vos quién sos? —pregunta, después.

—Victoria.

—¿Me trajiste cigarrillos?

—No —le digo—. Pero la próxima vez que venga te voy a traer.

—¿Usted es amiga mía?

Pongo una mano sobre la suya, siento la dureza de los dados.

—¿Usted, señorita, es amiga de Rafael?

Sacude la mano para librarla de la mía.

—Vine porque quiero hacerte una pregunta. Es sobre algo que pasó hace mucho tiempo, cuando yo era chica.

—Habría que sacar la basura, ya le dije.

—Mi papá estaba enfermo y no se podía levantar. Te pidió que le llevaras el teléfono hasta la cama y vos hiciste un arreglo con el cable.

—¿El cable?

—El cable, sí.

—¿Qué cable?

—El del teléfono. Mi papá quería hablar con alguien. Yo creo que estaba desesperado por hablar con esa persona.

—La basura está en esa bolsa, ya le dije —suspira.

—¿Él no te contó con quién quería hablar?

—Sí, claro que me contó —dice con una sonrisa.

—¿Quién era?

Abre la mano, me muestra los dados.

—Me los regaló Rafael —dice.

—¿Te acordás quién era?

—Era una mujercita.

Los ojos de Simón se iluminan ligeramente.

—¿Una mujercita?

—Él era fuerte, un hombre que nunca estaba enfermo.

—¿Y ella?

—¿Querés mis dados?

—Sí —le digo y extiendo mi mano, los dados caen suavemente—. ¿Y ella?

—Eso mismo digo yo, ¿y ella?

Le hago la pregunta más directa que se me ocurre.

—¿Él estaba enamorado?

Simón suspira, cierra los ojos. Me pide que lo ayude a levantarse. Lo hago con mucho esfuerzo. Una enfermera que sale en ese momento del comedor nos ve, viene a ayudar. Me parece que es la misma que le saca los cigarrillos. Se lo lleva del brazo hacia el comedor.

—No me acuerdo nada de nada —dice Simón, mientras se va caminando, meneando la cabeza.

Antes de irme del geriátrico le pregunto a una enfermera si me deja recorrerlo. Es casi de noche y los viejos se están acercando al comedor para la cena. Curiosamente, la enfermera dice que sí. Entonces elijo un pasillo al azar, camino frente a las puertas de las habitaciones. Mis zapatos negros relucen en la penumbra. Me cruzo con dos viejas que van del brazo, murmurando. Después entro en uno de los cuartos, que tiene la puerta entreabierta, y me siento en la cama. Desde una ventana se ve el parque donde estuve hace un momento sentada con Simón, los bancos de madera, una huerta, una pileta de natación llena de agua estancada, rodeada por un cerco de protección.

Salgo del cuarto y avanzo por un largo pasillo que desemboca en un salón con piso de listones de madera y cortinados rojos. Hay sillas de plástico apiladas en un rincón y un par de colchones nuevos, todavía guardados en fundas de nylon, apoyados en las paredes. La luz de la araña central es intensa. Cruzo el salón corriendo, llego hasta el otro extremo y me detengo en seco, frente a la pared. Se oye un murmullo de cubiertos, la música de la televisión. Más lejos, en otro doblez del sonido, se escucha a alguien que canta una canción, algo como un himno deportivo, una marcha enérgica sobre cielos de azul celestial y jóvenes atletas bajo el sol. Un instante después la voz cesa de golpe y el barullo del comedor se hace más nítido, se escuchan las voces de los viejos que piden agua o una servilleta, el roce de los platos, las órdenes breves de las enfermeras.

Me quedo un rato en el salón. Nadie en el geriátrico sospecha mi presencia. La enfermera que me dio permiso para recorrerlo seguramente pensó que se trataría de una vueltita y nada más. Vuelvo al pasillo y camino rápidamente hacia el comedor. Mientras paso por delante de las puertas entornadas de las piezas se me ocurre entrar otra vez en una de ellas. A través de la penumbra alcanzo a ver un par de camas gemelas cubiertas con colchas floreadas, una mesa de luz, la silueta agigantada de un ropero. Prendo el velador y, entonces, veo una foto de Simón sobre la mesita. Un muchacho de pelo engominado y gruesos lentes. Me quedo un instante sin saber qué hacer y después abro el ropero. Los goznes de la puerta chirrían y, antes de continuar, salgo al pasillo para ver si alguien me siguió y está escuchando. No veo a nadie y vuelvo al ropero. Revuelvo un poco la ropa de los estantes y encuentro dos atados de cigarrillos empezados debajo de unos pantalones. Toco la ropa con la punta de los dedos, con un poco de asco, porque todo huele a pis rancio. Uno por uno, reviso los cajones de Simón, levantando los calzoncillos y las medias para ver si debajo hay otra foto, una carta, algo, un pedazo de historia. En el fondo de uno de los cajones encuentro un bollito de papel. Lo abro. Es un recibo con la firma de Simón, poca plata. Vuelvo a hacer el bollito, lo meto otra vez en el cajón. Alguien pasa por delante de la puerta, una enfermera o una vieja, y toca el picaporte o a mí me parece. Un golpecito, nada más, como una discreta llamada de atención. Entonces cierro de un golpe la puerta del ropero, reviso rápidamente el cajón de la mesa de luz, miro la foto de Simón por última vez y me voy. En el hall de entrada, una enfermera me saluda con un beso al despedirme.

5

Detrás del vidrio estaba Julia, en una de esas cunitas con ruedas que hay en las maternidades. Tenía los ojos tapados por una diminuta venda color marrón. Era pequeña como un renacuajo y estaba amarilla por la bilirrubina. La habían puesto debajo de una lámpara. Había otros bebés y otras madres, y alrededor de una mesa central conversaban las nurses y algunos neonatólogos, pero para nosotros era como si Julia estuviera sola en mitad del desierto, en la cuna con ruedas bajo esa luz brutal, tristísima, una clase de luz que daba un miedo inolvidable. Era la Unidad de Cuidados Especiales Neonatológicos. Hacía un día que Julia estaba internada y se iría al día siguiente, de modo que su paso por esta grieta del infierno iba a ser solamente una anécdota en nuestras vidas.

—Para nosotros es una cosa de todos los días —diría el jefe de la Unidad antes de despedirnos junto a la puerta vidriada frente a la mirada velada de los otros padres, los que todavía deberían visitar a sus bebés cada tres horas, las seis, las nueve, las doce, las tres, y tocar el timbre y esperar con sus bolsos llenos de pañales y termos con agua para el mate, mientras adentro, detrás del vidrio, respiraban esos bebés que no estaban dispuestos a abandonar. Los padres y las madres esperaban en grupos y algunos hasta hacían chistes o comentarios ligeros, y después entraban ordenadamente y dejaban los tapados y los bolsos en los percheros, sin empujarse, sin mostrar apuro. Las mujeres todavía teníamos los puntos de las heridas, llevábamos fajas elásticas sujetando los vientres bruscamente vacíos. Nadie estaba donde quería estar. Había que lavarse las manos y los brazos, hasta encima del codo, en unas grandes piletas de aluminio que estaban a un costado del círculo de cunas, y el jabón tenía un olor alimonado que todo lo impregnaba, incluso las breves sonrisas que intercambiaban algunos padres al verse otra vez. Había que lavarse y había que sonreír, aunque lo más normal hubiera sido abandonarse irremediablemente, perder las formas, pero nadie lo hacía, ni siquiera los padres de un bebé con una malformación en el cerebro. Ellos no sonreían a nadie, pero se mantenían en un silencio activo, juntos, casi agazapados frente a la cuna atiborrada de cables como rizomas conectados a monitores y aparatos que emitían cada tanto un silbido exasperante. No sonreían, pero no aullaban, y se lavaban las manos y los brazos hasta el codo antes de tocar a su pequeño, y en esa mínima demostración de criterio empezaba la derrota de la muerte.

Todos esos padres estaban cuerdos. Los padres del bebé con el problema en el cerebro, los del que no podía tragar, una chica que venía con su madre y se sentaba frente a la cuna para amamantar a su niño y tenía el pelo oscuro que le llegaba hasta la cintura. Esos hombres y mujeres avanzaban a tientas entre la maraña de cables grises. Pasé un único día en la Unidad de Cuidados Especiales mientras ellos marchaban hacia un futuro incierto, y mis horas allí fueron una ventana a los otros días que habían pasado y que pasarían, días escandidos en tres horas, porque esos bebés comían cada tres horas exactas.

Todos esos padres estaban cuerdos y hacían cosas diferentes con la enfermedad de sus hijos. Es que las personas se vuelven aun más singulares frente a las decisiones que impone una enfermedad. Las personas que no están enfermas pero que cuidan enfermos son seres que habitan un mundo lateral, seres adyacentes, acoplados a las necesidades de otro cuerpo, que ingresan, sanos como margaritas, en el cono de sombra que traza toda enfermedad. Están sanos, más que nunca están sanos, y el escándalo de la salud se paga con creces y para siempre. Al lado de la cama de un enfermo la salud es la asimetría. Y esos padres asimétricos que vi se comportaban de modos muy diferentes frente a la enfermedad.

Había una mujer, te acordás, le digo a Miguel mientras hablamos en un bar, que llevaba calzas rosas apretadísimas, del color rosa del chicle Bazooka, y me acuerdo de que llegué a pensar mientras veía ir y venir su trasero por la Unidad de Cuidados Especiales que a todos nos convendría consultar la suerte en el horóscopo del Bazooka. Miguel se lleva la taza de café a los labios, me mira sin hacer comentarios. Esas ventanas, le pregunto si las recuerda, las ventanas del Hospital Italiano que dan a la calle Potosí. Una mujer había puesto una foto familiar sobre el alféizar, arriba de la cuna de su bebé. Miguel deja la taza, me pregunta qué quiero, para qué lo llamé, para qué quería verlo. Me recuerda, como si yo no lo supiera, que pueden contarse con los dedos de una mano las veces que le pedí que nos encontráramos después de separarnos. Le digo la verdad: fue la primera persona en la que pensé cuando mi madre me recordó ese llamado secreto que hizo mi padre antes de morir. Le digo que él se incrustó ahí, quedó alojado junto a esa información, y entonces, me mira otra vez, otra larga mirada de inspección, un poco aturdida. La elasticidad que tenían nuestras conversaciones es ahora un montón de hojarasca.

—Me gustaría poder decirte lo que estoy pensando —le digo.

—Decímelo, entonces.

La cuestión es que ya no tenemos veinte años. No estamos tirados en una cama, matando el tiempo, y hablando febrilmente de nosotros mismos. Fuimos nuestra mayor intensidad, uno para el otro y cada uno para sí mismo, y vivimos años al amparo de esa ilusión.

—Ya no tenemos veinte años —le digo.

Miguel sabe de lo que hablo. En su silencio hay algo de pura contemplación, como si la arquitectura que fue armando el tiempo en nuestras vidas fuera algo digno de admirar, una estructura bella y delicada frente a la que contiene el aliento.

—No, claro —dice, finalmente.

No puedo decirle lo que estoy pensando así como así. Se necesita tiempo, la sensación de un cálido entendimiento, la oscuridad. Nosotros necesitábamos la oscuridad para hablar. Era el mejor momento, antes de dormir: apagábamos las luces de los veladores y nos acostábamos uno al lado del otro, sin tocarnos, y hablábamos durante horas. Miguel movía las manos en la penumbra, mientras hablaba. Era un poco extraño porque estaba acostado y sus gestos eran detallados, enfáticos. Las manos parecían animales movedizos salidos de un cuerpo perfectamente inmóvil.

—Necesito que me ayudes —le digo, pero de inmediato me doy cuenta de que me resultará muy difícil volver a verlo por este asunto.

—Lo que quieras —me dice.

Esto es: hará lo que le pida. Siempre fue así. Era así cuando teníamos veinte años y es así ahora, al filo de los cuarenta.

—¿Harías cualquier cosa que yo te pidiera?

—Sí.

—¿Y siempre hiciste todo lo que te pedí?

—Sí —dice otra vez.

Tal vez fue la mujer de las calzas rosas la que le abrió la puerta de la Unidad de Cuidados Especiales. Había que cerrar con llave cuando alguien entraba o salía y, entonces, como era una tarea un poco pesada, los padres se turnaban con las enfermeras. La responsabilidad parecía recaer sobre los padres que llevaban más tiempo en la Unidad, de modo que el simple acto de poner llave a una puerta se había transformado en un símbolo de antigüedad. La mujer de calzas rosas tenía un bebé de dos meses o algo así, un bebé que ya no era un recién nacido, y nunca había salido del hospital. Eso me dijo la única vez que hablamos, que su hijo estaba internado desde que había nacido. Era ella quien conocía el sitio de las llaves y quien cerraba la puerta de la Unidad de Cuidados Especiales con la misma familiaridad con la que hubiera cerrado la de su propia casa. Es probable que esa mujer haya llegado a ver en los ojos de Miguel la atormentada necesidad de escapar de allí. Pero yo no la vi, ni siquiera la sospeché. Me di vuelta para tirar un pañal sucio en la basura y después creo que lavé la mamadera o simplemente caminé un poco por la sala llena de cunas. Cuando volví al lado de la de Julia, Miguel ya no estaba.

—No es cierto que siempre hiciste lo que te pedí —le digo—. Yo te había pedido que te quedaras conmigo en el hospital cuando Julia estuvo internada y vos en cambio te fuiste.

Era la madrugada. Dijo muchas veces que nunca pudo olvidar la luz que había en las calles. Más tarde me contó que se fue corriendo. Se escapó. Corrió hasta que llegó a nuestra casa y se acostó así como estaba, con campera y todo, y se tapó hasta la cabeza.

—Otra vez —murmura y estira la z final, y el zumbido va creciendo de volumen hasta que se hace estentóreo. Nos reímos.

—Pero ahora vas a hacer cualquier cosa que yo te pida —le digo, aunque sigo pensando que no volveré a llamarlo por este asunto.

Entorna los ojos, tiene miedo de que le pida algo imposible.

—Quiero que me ayudes con esto de mi viejo.

Toma un sorbo de café, se rasca la nuca.

—¿A qué?

—No sé. Pensé que quizá Simón Conde, el amigo de mi papá que estaba ahí cuando hizo ese llamado secreto, podría saber algo. Lo fui a ver a un geriátrico de Colegiales.

—¿Y?

—Tiene alzhéimer.

Me dijo, mucho más tarde, que no había podido soportar que Julia corriera alguna clase de peligro. Escapó sin detenerse, jadeando, hasta que se sintió a salvo. Le pregunté si era posible sentirse a salvo en una situación así. Yo miraba las calles desiertas desde las ventanas del hospital, y detrás de mí los otros padres miraban las cunas con sus hijos, los acariciaban.

—No sé cómo puedo ayudarte —dice Miguel.

—Tengo que averiguar a quién llamó mi papá antes de morir.

Ya no formo parte de su vida, me repito.

—De todos modos, es una historia muy vieja ¿no? —me dice, y veo que está a punto de alargar una mano para ponerla sobre la mía, o eso parece por un instante, pero de inmediato se arrepiente, se acomoda en la silla, toma otro sorbo de café.

—Sí —digo.

—Tal vez sería bueno dejar el pasado en paz —dice Miguel.

—¿Qué es dejar el pasado en paz?

—Permitir que se termine me responde.

—No puedo —le digo.

Me gustaría decirle que, para sentirse a salvo, hay personas que corren en dirección contraria a los mundos del dolor, como él mismo esa madrugada escapando del Hospital Italiano, pero otras, entre las que empiezo a contarme, sospechamos que esas circunstancias nunca vencen y que es mejor ir derecho hacia ellas.

6

En realidad, había dos juegos de *Mujercitas*.
O un solo juego con dos variantes. Le escribo un
mensaje a María, que vive desde hace años en Bariloche, disculpándome por este repentino tirón
hacia nuestra infancia, y le pido que me hable de
Mujercitas, que se despache a gusto, ella que era el
alma mater de las representaciones. Contesta inmediatamente. Quiere saber por qué *Mujercitas*.
Una frase desamparada en la pantalla de la computadora. Tal vez el tirón fue demasiado brusco.
A la mañana siguiente le respondo con otro mensaje explicándole que hace un tiempo estoy pensando mucho en mis padres. Es una conversación
simple, pero como las pausas son casi eternas y las
palabras brillan maliciosamente en la pantalla, el
intercambio adquiere un tono definitivo que no
deja de favorecerlo. Tal vez tanto María como yo
necesitemos, después de tantos años, recuperar de
alguna manera la opulencia mental que se requería para encarnar a las hermanas March tal como
lo hacíamos. El derroche de los rizos de Amy. La
perfecta nobleza de las botitas gastadas de Jo,
mientras caminaba bajo el viento y la nieve hacia

los enfermos de escarlatina. Un paso tras otro sobre la nieve sucia. Una frase tras otra en la pantalla. ¿Pensando en tus padres?, me responde María. Le cuento que los veo jóvenes, que son una obsesión que me acompaña, que me asalta en las plazas cuando la llevo a Julia, esa pareja que fueron antes de tener hijos, ese tiempo antes del tiempo en la foto de Bariloche. Le cuento lo que me dijo recientemente mi madre. Ese llamado secreto de la última noche de mi padre. Le digo que ya es tarde para todo. Ella me responde que de ninguna manera es tarde, y me llama por teléfono y hablamos un largo rato sobre *Mujercitas*.

Había un juego al que llamaré «oficial». Era el juego original que inventó María. En realidad, solamente se trataba de representar las escenas que ella elegía del libro *Mujercitas*. Tenía un cuaderno donde copiaba esas escenas —las hermanas estaban tristes porque no tenían dinero para los regalos de Navidad o Jo y Meg visitaban a los enfermos una fría mañana de invierno— y, apenas llegaba a casa, distribuía los roles según la costumbre: Hernán era Meg, Beth o Laurie; María, claro, era Jo, y Amy siempre me tocaba a mí. Luego ensayábamos. Como María nunca quedaba conforme, los ensayos de una escena brevísima podían durar las tardes de semanas enteras. Hernán y yo nos sometíamos mansamente al juicio de María, un poco sorprendidos ante la desmesura que había alcanzado la simple intención de representar una escena del libro. Nosotros éramos sensatos: la vida continuaba por fuera de las tribulaciones de las hermanas March. Para María, en cambio, un aspecto esencial de su existencia giraba en torno de esas actuaciones.

Por supuesto que nadie jugaba a *Mujercitas* en nuestro mundo. Muchas de nuestras compañeras de colegio ni siquiera conocían el libro. María se escandalizaba y llevaba el viejo ejemplar de la colección *Robin Hood* que había sido de sus hermanas mayores y lo mostraba desafiante ante la mirada burlona de las demás. La tapa amarilla brillaba bajo el sol de las once de la mañana en el patio del colegio. Y después nos íbamos a mi casa y leíamos decenas de veces cada capítulo, como si se tratara de un libro sagrado cuyo catecismo hubiera que descifrar.

El otro juego de *Mujercitas* era mi secreto. Muchas veces tuve ganas de contárselo a María o a Miguel, pero al final no lo hice. No era solo vergüenza lo que me frenaba, sino también lealtad hacia mi padre. Estoy segura de que a él no le hubiera gustado que yo anduviera contando que se dejaba disfrazar de Beth, la hermana frágil que se muere.

Empezó casi de casualidad, una tarde en que mi madre salió con mi hermano. Faltaban muchos meses para que mi padre muriera, creo que recién habíamos vuelto de las últimas vacaciones en Miramar, pero las rutinas de la enfermedad ya se habían instalado en nuestras vidas y funcionaban eficazmente. Él había dejado de ir al banco donde trabajaba desde hacía veinte años, y se pasaba la mayor parte del día en la cama. Fuera de su habitación, las actividades de la casa continuaban en sordina. El volumen de la vida había descendido naturalmente una cantidad de decibeles pero nadie se atrevía a ponerlo en evidencia. Por el contrario, mi madre, mi hermano y yo actuábamos como si mi padre estuviera en cama porque se le antojaba, y eso se notaba en la forma en que nos referíamos a él cuando almorzábamos los tres en la cocina o en la voz ligeramente vibrante de mi madre cuando comentaba en el teléfono que él estaba descansando. La red del disimulo era resistente y flexible a la vez: había momentos en los que tenía que concentrarme en hacer algo para no escuchar las quejas que venían de la pieza de mi padre. Pero había otros momentos más fluidos, más fáciles, en los que nos parecía lo más natural del mundo que él ya no se levantara nunca de la cama. Tal vez esto me pasaba solamente a mí, esa sensación de ligereza en medio de la catástrofe. Me parece que mi madre tenía demasiada rabia como para descansar de su destino aunque fuera por algunos momentos. A veces, como esa tarde en la que salió con mi hermano, me avisaba de un minuto para otro que se iba, impulsada por una fuerza ciega que la hacía escapar repentinamente. Agarraba al voleo la cartera y sus tacos cruzaban la galería y se apagaban en la calle.

—Te olvidaste de decirle chau a papá —le dije esa tarde.

Siempre se llevaba a mi hermano. Todo sucedía en un segundo. Mi padre también escuchaba desde la cama el batir de alas de sus partidas y, cuando yo entraba en la pieza para decirle que ella acababa de salir, hacía algún chiste sobre la rapidez con que se organizaban los paseos en la familia.

De manera que a los diez años yo sabía cuidar a un enfermo. Sabía cómo había que colocar las almohadas en una cama para que el cuerpo estuviera más cómodo, podía dar de comer en la boca sin que se me cayera nada de la cuchara y también era rigurosa con la medida de las drogas. Mi padre iba solo al baño, pero yo lo llevaba del brazo hasta la puerta y me quedaba esperándolo. Cuando se levantaba de la cama, su cabeza tenía la forma inconfundible que toman las cabezas de los enfermos, con la parte posterior aplanada y el pelo ralo y despeinado hacia arriba. No logro encontrar otra cabeza igual a la que él tenía en esa época. Lo esperaba en la puerta del baño y, cuando finalmente salía, se había lavado y peinado, de modo que su cabeza achatada por días y días de estar en la cama era otra vez la de antes, redonda y fresca.

Cuando nos quedábamos solos, no me separaba de él. Me parecía que una enfermera no tenía que descansar nunca, de manera que, apenas mi madre y mi hermano se iban, me transformaba en la sombra de mi padre. Estaba convencida de que así actuaba la familia March con la pobre Beth en sus últimos días: una silenciosa pero implacable vigilancia junto a la cabecera de la cama. Mi padre dormía, leía un libro, tosía, me daba la espalda, ponía los brazos detrás de la nuca como si estuviera tomando sol, de pronto me miraba fijamente, volvía a dormir. A veces pasaban seis o siete horas, pero yo no me movía. No tenía ganas de irme a jugar porque, precisamente, el juego consistía en ser la enfermera perfecta, ser una de las *Mujercitas* que cuidaba a un enfermo. Sentada en la silla al lado de la cama de mi padre, yo era buena e impecable, generosa pero firme, pulcra, virtuosa y serena en la adversidad. La habitación de mis padres se convertía para mí en un dormitorio norteamericano de fines del siglo xix, provisto de una chimenea, pesados cortinados floreados y una jarra con agua fresca a los pies de la cama.

—Te olvidaste de decirle chau a papá —le dije por segunda vez a mi madre la tarde en que comencé a vestirlo de Beth. Creo que esperaba que todos en la casa estuvieran a la altura de la considerada familia March.

—Rafael —lo llamo.
No contesta.
—Rafael —repito y lo sacudo un poco.

—¿Sí? —me responde.

Le muestro lo que tengo en la mano.

—No quiero que me digas Rafael, decime papá.

Estoy parada a los pies de la cama, y me veo altísima desde esa posición. Mi padre también parece haberse dado cuenta de mi estatura, porque se incorpora un poco y me mira de arriba abajo, complacido.

No me quiero olvidar del ambiente que nos rodea. A mí me hubiera gustado que mi madre fuera como la señora March. Que sus manos transformaran el mundo. Pero no está, otra vez, y la casa, especialmente esta habitación, es triste, está sucia y tiene feo olor.

Yo soy impecable, sin embargo. Creo que es eso lo que mi padre está descubriendo.

—Sos una reina —me dice.

—Papá, traje estos vestidos para que te disfraces.

Son los pesados vestidos de mi abuela. Parecen de cartulina. También tengo unos pañuelos de colores, una cofia gris y una cartera destartalada que me regaló mi madre hace unos años. Parezco calmada, pero estuve buscando como una loca por toda la casa hasta que al final di con lo que imaginaba. Mi padre sonríe.

—¿Disfrazarme de qué?

—Dudo un instante si contarle.

—¿De quién?

—De Beth —le digo.

No sabe quién es. Creo que nunca llegó a entender bien quién era. Quiere que le cuente. Quiere que me siente a su lado, que salga de ese lugar en el que nunca estoy, a los pies de la cama, y que volvamos a la tranquilidad de siempre.

—Beth es la hermana de Jo.

—¿Jo?

—La protagonista de *Mujercitas*. ¿Te acordás de eso que jugábamos en Miramar?

Dice que se acuerda. Miro la hora en el reloj que está sobre la mesita de luz y veo que faltan quince minutos para que tome la gran pastilla azul. Tengo un vaso de grueso vidrio celeste que combina.

—Pero después me lo saco —dice.

—Claro.

Es un hombre muy flaco, ahora, pero todavía tiene la piel rosada. Para mí, que tengo diez años, es un viejo enfermo. Tiene movimientos calculados, como una marioneta. El eje de sus maniobras está en las articulaciones.

Se pone el vestido negro con escote redondo y puños de encaje sobre el pijama, sin levantarse. La pollera le queda fruncida a la altura de la cadera. Después le paso la cofia gris. Se la pone y me pregunta si le queda bien.

—Soy Beth —dice cuando está listo.

En el silencio posterior a las partidas de mi madre, una vez que las últimas conversaciones entre ella y mi hermano se apagaban, mi padre y yo empezábamos a habitar otro mundo. Quiero ser precisa con el uso de las palabras: yo daría cualquier cosa por volver a ese mundo. Daría lo que no tengo por volver a treparme a esa silla y ponerme en puntas de pie y estirar los brazos —mi padre, que estaba solo y acababa de oír el ruido final de la puerta de calle, ya comenzaba a llamarme— hasta tocar con los dedos la bolsa de nylon en la que guardábamos el disfraz de Beth.

—¿Dónde estás? —pregunta mi padre desde la cama cuando ve que estoy tardando.

Llego a la habitación con el disfraz fuera de la bolsa, el vestido extendido en alto entre mis manos. También tenemos una peluca manchada con Nesquik y la cartera. Mi padre se ríe. Los enfermos que se ríen parecen estar a punto de morirse.

—No te rías más —le digo a veces, aterrada al ver una sombra verde que le cruza la cara y le destroza la expresión.

Pero él se sigue riendo mientras se pone el vestido y la cofia. Para llevarlo a la seriedad, le digo que Beth no es un personaje divertido. Le explico que desde el principio de la historia es la hermana más débil, la que todas protegen, la que finalmente se muere. Mi padre nunca olvida que tengo solo diez años y que estoy cuidando a un moribundo, de modo que hace como si esa información no le importara.

Yo, claro, soy Jo March. Soy saludable, vigorosa, subo corriendo las escaleras imaginarias y llego, siempre arrebolada, hasta la cama de Beth.

—¿Necesitas algo? —le pregunto, deslizándome imperceptiblemente al tú, como quien corre un pesado cortinado para que se vea la campiña otoñal a través de la ventana.

Beth me observa de reojo.

—Esta habitación huele a humedad —le digo.

Soy la hermana que viene de la vida. Me muevo con gracia y precisión por la habitación en penumbras, retocando el ambiente.

—¿Quieres un té?

—Sí, claro que quiero un té.

Beth siempre responde con frases completas. Tiene una voz finita, ligeramente chillona y carraspea demasiado. Pero sus ojos son perfectos. Son los ojos sin sosiego de una joven enferma de Nueva Inglaterra.

A veces mi padre está cansado y no quiere jugar. Para no contradecirme abiertamente, se hace el dormido cuando entro en la habitación con el disfraz. Pero yo no me rindo. Me acerco en puntas de pie hasta la cama y extiendo el vestido sobre su cuerpo acurrucado. Él se queda inmóvil, respirando suavemente, y yo me siento en la silla que está junto a la cabecera. Entonces sé —y lo que sé es para siempre— que así es el paraíso.

7

Hernán, que finalmente responde a mi llamado, me cuenta que nuestro padre quería volver a la casa de Miramar antes de morir. No se acuerda de ese último secreto llamado y tampoco le interesa que le cuente sobre la visita que le hice a Simón Conde. Habla de la muerte de su propio padre con desapego, como si le costara demasiado esfuerzo concentrar la atención en el pasado. Quiere cortar. Le pido que me repita lo de Miramar. Me dice que tal vez no haya sido así, que podía ser que él lo hubiera imaginado.

—Decía que quería volver a esa casa, nada más.

—¿Solo? ¿Quería volver solo?

—No sé, qué sé yo, la verdad es que apenas me acuerdo de eso.

—Yo nunca lo escuché.

Hacemos silencio.

—Me parece que había otra mujer —le digo.

Llego a percibir el lejano jadeo de su sonrisa.

—Quién sabe, puede ser...

—¿Una mujer de Miramar?

—No sé, qué se yo.

Hernán tenía apenas ocho años cuando mi padre enfermó. Repite que tal vez haya imaginado todo. Por un momento me dan ganas de preguntarle si en su imaginación, en el confín, en la última frontera, también está encerrada la agonía y la muerte de nuestro padre.

Ahora hay silencio, pero en cualquier momento puede empezar otra vez. Mi madre reparte las cartas rápidamente, tres para cada uno. Es la noche, estamos en la cocina. Miro mis cartas, trato de no apartar los ojos del dibujo de las copas, de las pequeñas espadas. Mi madre dice algo sobre la remera de Hernán, de lo sucia que está. Se la toca. Entonces, mi padre grita. Ninguno de nosotros se mueve. Es el instante posterior al grito y hay que dejarlo partir, mantenerse quietos, todo lo calmados que logremos estar. Mi madre baja un dos de espadas al centro de la mesa.

—Te toca a vos —le dice a mi hermano.

Ahora estamos otra vez en la fase del silencio. Dentro de algunos minutos, mi padre volverá a gritar de dolor en su cama y el ciclo se reanudará. Así estamos desde hace días. Ya nunca lo veo: desde que perdió el habla, exactamente cuando cortó esa última y secreta comunicación telefónica, mi madre me lo prohíbe. Por eso, estoy atenta a los sonidos que llegan desde el interior de la habitación. Desarrollé una clase de atención difusa pero permanente que me dio un conocimiento del tiempo que ya no olvidaré.

Mi padre está dentro de ese cuarto al que solamente entran mi madre y Simón. Dentro y fuera de esa pieza se transformaron para nosotros en las únicas medidas del espacio. Cualquier otra dimensión resultaría excesiva. Mi hermano y yo hemos quedado afuera: entonces, y para siempre, nos queda la imaginación. Mi madre cierra la puerta, se escabulle junto a mi padre, se la escucha calmarlo, barrer el piso, darle los remedios, permanecer en silencio al lado de la cama. Por primera vez en el transcurso de la enfermedad ella no va a escaparse. Parece que la agonía pone las cosas en su sitio. Yo, que tengo diez años, debo estar lejos de las miserias del dolor humano. Mi madre, que es una mujer adulta, es ahora la enfermera.

—Me toca a mí —digo y pongo otra carta sobre la mesa.

El disfraz de Beth quedó guardado en un cajón de mi placard.

Unos días más tarde, llamo otra vez a Hernán para preguntarle cuándo escuchó lo de Miramar. Es imposible, le digo, porque al final nosotros siempre estábamos afuera de la pieza de mi padre. Hernán me contesta que estoy haciendo alboroto por nada. Lo dice restándole importancia a la cosa, me doy cuenta de que algo lo está incomodando. Por primera vez veo que el interés que tengo por los últimos años de mi padre se está volviendo demasiado imperioso. Siento que esa avidez ya dejó de ser natural y que encierra en su interior un núcleo que puede volverse inmanejable. Entonces Hernán me cuenta que, una tarde, cuando ya lo teníamos prohibido, entró en la habitación de mis padres y escuchó lo de Miramar.

Hace tres días que mi padre perdió el lenguaje.

—Es algo con la lengua —les dice mi madre a los que llaman por teléfono.

Viene una ambulancia, bajan dos médicos, pasan corriendo delante de nosotros. El chofer se sienta en uno de los sillones del living y prende un cigarrillo. Me pide un cenicero. Parece un médico también, porque está vestido con pantalones y chaqueta blanca. Pero no lo es, él es como nosotros, debe esperar afuera. Se guía por los ruidos que llegan desde la habitación de mis padres. Después de un rato, alguien toca el picaporte desde el lado de adentro. Es apenas un golpecito, pero el chofer apaga lo que le queda de cigarrillo y se para. Nos miramos.

—Me pareció que ya salían —dice, después de un ratito.

—Es que lo están revisando —dice Hernán.

El chofer se queda parado.

—¿Cuántos años tenés? —le pregunta a Hernán.

—Ocho.

Mi madre abre la puerta de la habitación. Adentro hay un rectángulo oscuro, no se ve la cama ni otro mueble, tampoco se oye nada. Los médicos salen, mi madre los acompaña hasta la puerta de calle. Uno de ellos le hace una seña con la cabeza, parecida a la que antes hacían los hombres para sacar a bailar a las mujeres. Es un breve gesto hacia atrás que significa que tienen que hablar a solas, que en la habitación nadie dijo la verdad. Yo los sigo. Quiero escuchar lo que dicen. Camino detrás de uno de los médicos, pegada a sus zapatos.

Hernán se queda solo en la galería. Mi madre está con los médicos en la calle. La puerta de la casa está abierta y se ve el grupo que forman los médicos, mi madre y el chofer. Hernán no sabe dónde estoy. Quiere ir a buscarme, pero entonces ve que la puerta de la pieza de mi padre quedó abierta. Adentro todo está oscuro. Mi padre vive en esas sombras. Hernán avanza en puntas de pie hasta la cama. El mundo de afuera parece bullicioso y lejano, pero la habitación también es agradable de alguna manera. El problema es que Hernán no sabe bien de qué manera, pero lo que sí empieza a sentir es que mi padre se mueve un poco en la cama. Sus ojos se acostumbran a la oscuridad. Lo ve acostado boca arriba, con los ojos cerrados, y la colcha hasta el cuello. Ve la mesita de luz repleta de frascos y vasos. Se acerca y prende el velador. Mi padre abre los ojos.

—Hernán.

Pero no dice exactamente Hernán, farfulla algo como eso, y después emite un pitido.

—Es como si tuviera la lengua trabada para dentro —susurra mi madre en el teléfono.

Es como si no tuviera lengua.

—Las rosas —dice mi padre, pero solamente se escucha una larguísima a. Ahhhhhhhhhhhhhhh. Y después algo como un chasquido, hecho con los labios.

—Las rosas —repite mi padre.

—¿Rosas? —le dice Hernán.

—Mi-ra-mar —dice mi padre con cierta claridad.

Afuera, en la calle, mi madre me pide que entre, cierra la puerta. Se escucha el motor de la ambulancia. Mi madre llama a mi hermano. Hernán aparece de pronto en la galería, respira agitadamente.

—¿Dónde estabas? —le pregunto.

—Por ahí.

Entonces mi madre ve que la puerta de su habitación está entornada. Se acerca, la cierra.

Hubo un momento, más adelante, le digo a Hernán, en que la vida se aceleró. La situación parecía controlada, hacíamos las mismas cosas todos los días y los sentimientos también habían empezado a ser los mismos. La repetición les quitaba intensidad. Era como estar frente a frente con el esquema primitivo de la enfermedad de mi padre. Toda complejidad quedaba para los momentos felices: los veranos en Miramar, las escenas de *Mujercitas*, los largos paseos en el Dodge que hacíamos los domingos: desde la ventanilla del auto veía pasar los árboles de la Costanera Norte o los edificios del centro. La enfermedad reubicó los sentimientos en una escala administrativa, trato de explicarle a Hernán. Había sentimientos útiles y otros que solo hacían las cosas más difíciles. Lo más importante era que las cosas funcionaran, que se avanzara en el día o en la noche sin imprevistos, como si la enfermedad de mi padre se hubiera transformado en una maquinaria que requiriera de obreros precisos, incansables. La regla número uno del funcionamiento era la división del mundo en dos mitades, dentro y fuera de la habitación prohibida. Pero había también un sinnúmero de normas que brotaban y desaparecían —a veces, según el caso, duraban solamente unas horas— y que regulaban hasta los confines de la vida. Tal vez una mañana mi padre quería leer el diario. Se trataba de un dato que significaba que se sentía bien, o no tan mal, al menos, pero ninguno de nosotros demostraba alborozo aunque, inmediatamente, la atmósfera de la casa viraba del gris al blanco. Como un rayo, mi madre salía en busca del diario, mientras mi hermano y yo esperábamos en el limbo: no podíamos estar con mi padre pero tampoco podíamos dejarlo solo e irnos con ella, de modo que ocupábamos la posición en la galería que la topografía de la enfermedad nos tenía reservada. No preguntábamos, no éramos insistentes, siempre sabíamos dónde ponernos, qué decir, cuánto esperar, hasta cuándo callar. Si mi padre nos llamaba desde su habitación mientras mi madre estaba afuera, le respondía desde la galería con el tono ligero de una niña que está jugando, mamá ya viene, fue a comprar algo, pero nunca me acercaba hasta la puerta cerrada de la pieza. Después, cuando finalmente ella volvía con el diario y entraba en esa habitación, tratábamos seriamente de empezar a jugar, convencidos tal vez de que el simulacro podía ser percibido por mi madre. Entonces, la fuerza del juego, que comenzaba débilmente, llegaba por fin a arrastrarnos, y nos encontrábamos de pronto corriendo a los gritos por la casa como antes de la enfermedad, jadeantes y despeinados, hasta que algo —un pedido de mi madre, el ruido de las páginas del diario en la profundidad de la habitación vedada, un súbito olor— nos devolvía a la realidad. Pero hubo un momento, le digo a Hernán, cuando las cosas se aceleraron y ya no pudieron perder velocidad. Las reglas empezaron a derrumbarse, a carecer de sentido, y un caos exuberante se instaló sobre los escombros.

—Al Policlínico Bancario —me dice mi madre. Hace dos días que no pega un ojo.

—¿Por qué?

—Hay que internarlo.

Está sacando papeles de una caja de cartón, tiene en la mano un carné envuelto en una bolsita de nylon. Antes estuvo poniendo ropa en un bolso.

—Decile a tu hermano que baje la tele.

De pronto deja los papeles sobre la mesa, se va hacia la habitación donde está mi padre. Abre la puerta y entra.

—Victoria —me llama—. Vení.

No me muevo de mi lugar en la galería.

—Vení, entrá —dice otra vez mi madre.

Entro lentamente, llevo las manos entrelazadas en la espalda. El cambio de luz es extraordinario. Mi madre está sacando ropa del placard, la apila sobre la cama. Hay pulóveres y pantalones, unos sobre otros. También saca una frazada, ahora la está doblando.

—Bajá ese televisor te pedí —le grita a mi hermano.

El ruido desaparece. Mi madre tiene el pelo distinto, incluso más bonito. Hace días que lo lleva suelto, sin hebillas, y parece más largo.

—¿Qué me mirás?

—El pelo —le digo.

Toma una pila de pantalones, la pone sobre una silla, después la saca, la mete a presión en un estante del placard. Rodea la cama y empieza a guardar en una bolsa lo que hay encima de la mesita de luz. Los frascos, los vasos, el pañuelo, una radio.

—Ya no puede escuchar —me dice, señalándolo.

Asiento con la cabeza. Mantengo la mirada en la cabeza de mi madre.

—Ahora va a venir la ambulancia para llevarlo.

Por el rabillo del ojo solo veo una mancha acuosa, en la que es imposible distinguir un objeto o una persona.

—Vamos —dice mi madre.

Salimos de la habitación. Mi madre cierra otra vez la puerta. En ese instante, tocan el timbre. Yo sigo con las manos entrelazadas en la espalda. Así estaré toda la tarde, y así también llegaré a la noche, cuando mi padre haya muerto, y así las pondré siempre cuando quiera estar a salvo.

8

Miguel vive con una mujer que se llama Delia y es instructora de yoga, en una casa con un jardín lleno de macetas con cactus gigantes. A Julia le llama la atención que haya que ponerles poca agua. Dice que le da pena verlos así, clavados en macetas secas, muertos de sed.

Delia nunca atiende el teléfono cuando llamo. Se la escucha por detrás, a veces, una voz escuálida que llega de pronto, desde los dormitorios o el jardín, una voz que no reclama, que solamente enuncia su existencia como parte del mundo. También la escucho cantar. Miguel me habla más rápido si Delia canta, tratando de cubrir con su propia voz la musiquita del fondo, y ante ese oleaje cruzado de voces entiendo que debo cortar pronto. Pero otras veces alrededor de Miguel hay silencio y más silencio, como si estuviera hablando desde el medio de un desierto, y entonces es la casa la que ocupa la posición que Delia ha dejado vacante, esa casa en Adrogué de la que Julia me habla tanto. Dice que las siestas son más largas allí que en ningún otro lado. Dice que ella sale al jardín y se sienta con su muñeca en los bancos de madera. Miguel y Delia duermen en el piso superior y ella está sola. Dice que los sábados a la mañana va a limpiar una señora que se llama Susi, pero a la tarde ya se ha ido y todo está quieto e impecable.

Desde afuera la casa se parece a cualquier otra. Lo único que llama la atención es la pequeña puerta al costado desde la que puede verse un camino que conduce al jardín. Cuando voy a buscar a Julia, trato de descubrir adónde termina ese camino, qué hay después de la curva primorosa que va oscureciéndose hasta desaparecer. Mientras Miguel le acomoda la mochila a Julia o me cuenta algún pormenor del fin de semana, yo alzo la vista sobre sus hombros en busca de ese rincón húmedo y secreto. Pero no veo nada. Julia dice que el camino termina junto a los bancos de madera. Dice que los sábados desayunan en el jardín y así le dejan la casa libre a Susi para que limpie. Después Delia hace su rutina de yoga sobre el pasto, vestida con un jogging blanco.

Yo nunca hago preguntas. La información sobreviene, inocente.

Me enamoré de otra mujer, dijo Miguel. Nunca lo volvió a decir. Pero la fuerza de esas palabras avanzó sobre el futuro, como un río de lava, cubriéndolo todo. El futuro quedó petrificado. Y al volverse presente, las antiguas formas ya no se recuperaron, simplemente se deshicieron en un montón de polvo oscuro.

No tardó demasiado en irse de casa, solo lo necesario como para que la despedida fuera evidente: antes de armar las valijas, amontonó sus cosas sobre los sillones y la cama, pilas de ropa y de libros, cajones en la escalera, sus papeles, las fotos. Era un hombre preparándose para partir, triste y minucioso, mientras yo lo observaba.

Es difícil contar cómo se naturaliza el dolor, de qué manera se quiebra su ferocidad. Quiero ser precisa con el uso de las palabras. Ser elemental y refinada al mismo tiempo. Tengo un puñado de imágenes de esa despedida. No sé si pasaron de verdad o si mi memoria las fue cristalizando hasta convertirlas en pacíficas estampas del pasado. Veo las cajas con cosas en la vereda, las valijas junto al flete en el amanecer, la mano de Miguel agitándose detrás de la ventanilla, confiando en que un gesto de despedida pudiera reparar el equilibrio que se había roto. Y de ahí, como por arte de magia, aparece la casa en Adrogué, el camino y la porción visible del jardín, y yo viajando en tren desde Constitución para buscar a Julia. Toco el timbre, espero, vuelvo a tocar, me miro los zapatos, y entonces Miguel sale por primera vez de la casa donde vive con Delia, me sonríe. La memoria se detiene inmensamente en esa imagen. Hago lo posible por seguir, ir más allá de ese momento, pero ahí está él abriendo la puerta, sus ojos se cierran por un instante para deshacerse de mí, de la sustancia que evoca mi persona, y después me saluda, llama a Julia, sonríe otra vez.

El dolor es feroz hasta que, simplemente, deja de serlo. Julia dice que Miguel a veces habla de mí. Le pregunta si estoy trabajando mucho. Quiere saber si el vestido que tiene puesto se lo compré yo, si la baño por las mañanas o por las noches. Hace tiempo que el dolor debe haberse vuelto natural para él, una parte de su vida. Porque estoy segura de que aunque fue él quien decidió irse, el espíritu del pasado lo acompaña sin cesar, sombrío.

La casa de Miramar permaneció a la deriva hasta que cumplí veinte años. Un tiempo después de la muerte de mi padre, mi madre la puso en venta. Dijo que necesitábamos ese dinero. Pero ella y yo sabíamos que la verdadera razón era que esa casa pertenecía a mi padre, y que había que olvidarla para seguir adelante. La puso en venta sin sacar ningún mueble, sin tener en cuenta los delicados rosales que mi padre cuidaba con tanto esmero, ofreciéndola intacta al que quisiera comprarla, atrapada todavía en nuestros veranos.

La familia, entonces, eligió otros destinos de la costa atlántica. Primero fuimos algunos años a San Clemente, en el viejo Dodge que conducía mi madre. Siempre alquilábamos un departamento diminuto en la calle principal, desde cuyo balcón se veía el mar amarronado y los chicos que juntaban almejas en la orilla. Más tarde, hacia fines de los ochenta, mi madre decidió que era hora de cambiar de lugar y fuimos un par de veces a Villa Gesell, a un complejo de departamentos del sur de la ciudad, recién inaugurados. Era un edificio que no estaba terminado, y la arena y el polvo se mezclaban sobre las escaleras y los pisos, y todo era de color cemento, incluso el mar, como si también estuviera a medio hacer.

Los últimos veranos antes de mis veinte años nos quedamos en Buenos Aires. Mi madre decía que no teníamos plata para vacaciones, y aunque yo le insistía para que volviéramos a la casa de Miramar, ella se negaba y la alquilaba. Eso había hecho, en realidad, durante todos esos años, porque no se vendía, de modo que mientras nosotros estábamos en San Clemente o en Villa Gesell, la casa de Miramar revivía fugazmente con los inquilinos, lejana, hermética, ya casi irreconocible en nuestro recuerdo.

—¿Por qué nadie quiere comprarla? —se lamentaba mi madre.

A lo largo de esos años, los sucesivos inquilinos arrasaron con la memoria. Los niños hicieron garabatos en las paredes, rompieron la loza, usaron las bicicletas que estaban guardadas en el galpón. Los rosales se secaron y desaparecieron, barridos por el viento. El pasto creció sin control e invadió parte de la galería. Las cortinas se pusieron amarillas y los sillones, raídos. Cuando Miguel y yo llegamos en nuestras primeras vacaciones, después de convencer a mi madre para que nos dejara recuperar la casa, nos encontramos con que nada había quedado a salvo.

Julia dice que Miguel también le habla de Miramar. Dice que le cuenta que ella pasó sus primeros veranos allí, que tenía una malla azul y una pelota para jugar en el agua. Tal vez le hable de la casa, pero Julia no me cuenta. Yo, en cambio, le muestro las fotos. Tengo decenas. Hay una de Miguel subido a una escalera, reparando el techo de la galería, muchos años antes de que ella naciera. Julia dice que es la que más le gusta. Es de la época en que hicimos los arreglos. Teníamos veinte años y el afán de borrar las huellas de los otros veraneantes. Estábamos convencidos de que era posible barrer con el efecto de esos años oscuros en los que la casa había pasado de mano en mano, y nos aplicamos a la tarea como obreros del futuro, eficientes y apasionados bajo el sol del verano y el olor de la pintura fresca. El puntual ejercicio de la voluntad terminó por premiarnos: para el fin del verano la casa era otra. No era ya la casa de mi infancia, la casa irrecuperable con las rosas de mi padre y el galpón en penumbras lleno de herramientas de jardín, pero estaba limpia, con las paredes impecables y el pasto ralo y, sobre todo, en el atardecer rojizo, cuando la gente volvía de la playa y pasaba por la calle llevando las reposeras y las sombrillas, se ensombrecía suavemente como antes, mientras mi padre nos esperaba sentado en la galería.

Julia me pide que le repita muchas veces la historia de la casa. Tal vez sea porque vio varias fotos de esa época, y esas imágenes de sus padres tan jóvenes la deslumbran. Ella no sabe que yo, incluso en esos años felices, sentía el viejo miedo. Ya estaba allí, mientras pintaba el techo de la galería o posaba junto a María, en una de sus visitas de ese verano, frente a la entrada de la casa. Julia no sospecha que yo había sido una niña alcanzada por la luz de la muerte, y que esa huella no podía borrarse con la voluntad como sí podían eliminarse los rastros de los anónimos veraneantes. Escondido en el brillo de mi sonrisa, casi imperceptible, estaba el antiguo terror a perderlo todo, tan virulento como el de los primeros años después de la muerte de mi padre.

Me pregunto si alguna vez Miguel le habla a Delia sobre la casa de Miramar. Tal vez los sábados a la mañana, mientras ella hace sus ejercicios de yoga, le hable de esos veranos. Ella quizás tenga las piernas en alto, los músculos llenos de sangre, los dedos de los pies abiertos apuntando como flechas hacia el cielo, y entonces él, desde la pequeña mesa que está junto a los bancos, esa mesa que Julia me describe pero que no se ve desde la calle, le cuente. Me imagino que después se deben quedar callados, ella inmóvil sobre el pasto, y él revolviendo el café, una y otra vez, hasta que Julia le llama la atención sobre un dibujo que ha hecho o el nuevo peinado de su muñeca. Las barbies suelen cambiar de peinado cuando pasan el fin de semana en la casa de Miguel.

No volví a Miramar desde que me separé. Ahora es mi madre la que insiste para que vayamos. Dice que la casa se va a venir abajo sin nosotros. Durante los años del nuevo florecimiento, cuando íbamos con Miguel y después con Julia, mi madre solía pasar una temporada en Miramar. Llegaba sola, en el micro nocturno. La esperábamos entre los pasajeros que descargaban sus valijas de la bodega y después nos íbamos los tres hasta la casa, cruzando la ciudad desierta. Aunque se quedara por una o dos semanas, mi madre nunca terminaba de desempacar sus cosas y dejaba la valija abierta, de la que sobresalían enaguas y toallones, al lado de la cama, casi al alcance de su mano mientras dormía. Decía que no valía la pena sacar lo que había traído. Que los roperos estaban sucios y que su ropa se llenaría de polvo. A veces, durante las siestas, entraba en su habitación y veía la valija casi intacta junto a su cama, las sábanas impecables que ella ajustaba a la mañana con la meticulosidad de una mucama de hotel, la mesa de luz vacía, el aire impersonal de ese cuarto que le devolvíamos cuando nos visitaba porque era el dormitorio que había compartido con mi padre. Yo, entonces, entendía que no había restitución posible para ella ni para nadie en esa casa, que la mujer que antes había gobernado ese universo de vacaciones también había desaparecido.

A Julia le encantaban esas visitas veraniegas de mi madre. La empujaba todas las mañanas a la playa, llevándola a los apurones por el camino de siempre, con prisa por ver el mar, otra vez, como si el día anterior no hubiera existido. Se sentaban cerca de la orilla al rayo del sol y Julia le regalaba castillos y puentes, pozos de agua arenosa, ribetes de espuma sobre los moldecitos de tiburones. Mi madre se bronceaba, sacaba a relucir un nuevo par de lentes de sol, recuperaba cierto fulgor de su antigua belleza oceánica.

—La abuela era un pez en el agua —le dije a Julia, una vez que estábamos las tres en la playa.

—¿Y qué le pasó?

Mi madre cerró los ojos.

—¿Ya no nadás ahora?

—Ya no —respondió mi madre.

—¿Eras joven antes, abuela? —preguntó Julia y mi madre se largó a reír.

El pasado tenía un esplendor incomunicable.

II

1

La encuentro de casualidad, en el fondo del armario del galpón. Estoy buscando un inflador para la bicicleta de Julia y calculo que tal vez haya alguno en ese viejo armario. Meto la mano en un cajón desvencijado y ahí está, en el fondo, hecha un bollo. Parece un trapo. Estoy a punto de dejarla en el mismo lugar pero entonces veo la inscripción y el pequeño escudo. Intercolegiales '77, 4to. año B. El escudo representa una flor de lis sobre un fondo azul marino. Colegio Inmaculada Concepción de María Reina, dice en letras doradas, formando un semicírculo. Lo primero que pienso es que se trata de una remera olvidada por alguien que alquiló la casa en los años posteriores a la muerte de mi padre. Después la miro mejor, la llevo conmigo hasta la casa y la extiendo sobre la cama.

—¿Y eso qué es? —me pregunta Julia.

—Algo que encontré.

—¿Y de quién es?

—No sé, no tengo la menor idea.

Cuando llegamos, ocupé la mañana y la tarde en limpiar un poco la casa y cortar la maleza del jardín. Sabía que estaba allí siguiendo las palabras entrecortadas de mi padre, *Miramar*, ese último deseo, pero el estado en que encontramos la casa hizo que actuara de manera práctica, relegando otros pensamientos. Julia jugaba mientras yo trataba de poner algo de orden, pero después insistió para que fuéramos a la playa a ver el mar, de modo que a la tardecita la llevé. Bajamos por el camino de siempre, ella corriendo un poco más adelante, flaca y risueña al darse vuelta para ver si la seguía, y después nos sentamos sobre la arena en la playa desierta. El viento del otoño remontaba una lluvia finísima de arena y nos fuimos acercando hasta la orilla, hacia la arena mojada, y pensé que Julia se pondría a hacer pozos o montañas pero ella se sentó silenciosa a mi lado, casi como otra mujer adulta, con las piernas cruzadas, mirando el mar. A partir de ahora, pensé, que ya tiene seis años, el remolino incesante de sus movimientos irá perdiendo vigor, la circunferencia de las vueltas se volverá cada vez más amplia, más dulce, hasta cesar por completo.

—¿Por qué te dio un ataque?

—¿Un ataque?

—De venir acá.

—No sé —le dije.

La verdad era que había empezado a retumbarme en la cabeza que mi padre pensara en

Miramar en su agonía. Esas imágenes que debían haberlo asaltado al final de la enfermedad, esas visiones íntimas que a nadie había confesado porque ya no podía hablar; esos espectros que tal vez coincidían con el panorama otoñal de la playa que estaba ante mis ojos: el mar encrespado, las escolleras carcomidas por la sal, el camino de siempre por el que habíamos bajado y subido infinitas veces, innumerables veranos.

—Es por el abuelo.

—¿Qué abuelo?

Creo que le hace gracia la solemnidad con la que de golpe le descubro una ascendencia.

—Mi papá. El abuelo Rafael.

—¿Cuántos años tenías cuando se murió? —me preguntó por enésima vez. Es algo que siempre le interesa.

—Diez, ya te dije.

—Qué horrible.

Era por las últimas alucinaciones de mi padre que había vuelto. Y quizás lo que más me atraía no eran esas imágenes en sí mismas, sino que fueran las finales.

Por la noche, mientras Julia dormía, anduve deambulando por la casa. En Miramar, en el universo, solo se escuchaba la respiración del sueño profundo de Julia, ovillada en la misma cama en la que yo dormía de chica. Más allá, el otoño se había devorado cualquier otro sonido, y la casa nocturna estaba suspendida en un vacío de silencio. Ese chalé de mi infancia, con sus recovecos y escalones, sus atlánticos ventanales, dormido en medio del jardín de mi padre, se abría ahora para mí en la penumbra. Me puse a revisar cosas, primero distraídamente, casi como si me diera lo mismo, y después el impulso se fue haciendo constante, estratégico. Un cajón del aparador de la cocina, que no se deslizaba con facilidad, tenía hilos, pelusones, el mango de un martillo, bolsitas de nylon, una pelota de tenis. En la estantería del living, que en otra época mi madre solía llenar de caracoles marinos y artesanías compradas en ferias de playa, había ahora un collar de juguete con las cuentas rotas que Julia había dejado en unas vacaciones. Busqué debajo de los almohadones del sofá, detrás de las puertas, en la cocina, en el largo pasillo que llevaba a los dormitorios, un pasillo oscuro y húmedo por el que Hernán y yo corríamos después de que mi madre nos bañaba al volver del día de playa.

Las casas de vacaciones son la cosa más triste del mundo. Son tristes aun en la niñez, cuando las llegadas y las partidas se deciden en otras esferas. Exhalan una pesadumbre que es el reverso de la ilusión de vacaciones, una melancolía que se pega a la humedad de las paredes, se transpira en las noches entre las sábanas. Es la misma melancolía que me esperaba al final de los toboganes, implacable, en el envión final hacia los brazos abiertos de mi padre. Yo buscaba en la casa esa tristeza. Veía en los objetos abandonados en diversas vacaciones el testimonio de nuestras vidas. Una información estratificada, aislada en las vetas que cada uno de los veranos había delineado sobre la casa. Allí estaban los cepillos y los ruleros de mi madre, y el collar de Julia y, casi a la madrugada, apenas el sol empezaba a disipar las sombras, encontré una caja con dibujos marítimos que habíamos hecho con Hernán cuando éramos chicos. Allí, en las estrías que el tiempo había tallado sobre ese chalé, estaban también las pelotas de goma, los barrenadores de tergopol, el armazón de unos lentes para leer de mi padre, una toalla hecha jirones que quizás había olvidado un anónimo inquilino de otros años. Esa era la tristeza: material, palpable, inmensa en la geología de la memoria.

Julia se despertó temprano y quiso andar en bicicleta. Desayunamos rápido y fuimos hasta el galpón, donde todavía estaba su pequeña bicicleta colgada de un gancho en la pared.

—Es de cuando tenías cuatro años, te queda chica.

—No importa.

La descolgué.

—Hay que inflarle las gomas.

Fue entonces cuando, al buscar el inflador en el viejo armario del galpón, encontré esa remera. Era pequeña, para un torso breve. Tenía las mangas amarillentas y el escudo del colegio desteñido.

—¿Te la vas a robar? —me pregunta Julia, más tarde, mientras guardamos las pocas cosas que trajimos para el fin de semana, y me ve doblarla con cuidado y ponerla entre mi ropa.

—¿Robar? —me río.

—Estaba en la casa, no es tuya.

Todo lo que está en la casa me pertenece, ahora, más que nunca, cada objeto abandonado a la deriva, incluso el polvo, la arena que traen los zapatos de la playa, el rocío, el óxido de los metales, hasta el viento. Con esa certeza tan alucinada como las últimas imágenes que vio mi padre, emprendo el regreso, con Julia a mi lado, y la remera anónima atesorada en la oscuridad de mi bolso.

2

Me repito que la remera debe ser de alguien que alquiló la casa en los veranos después de la muerte de mi padre. Me lo repito pero no me lo creo ni por un segundo. La inscripción de la remera, Intercolegiales, es del 77 y mi madre empezó a alquilar la casa de Miramar en los años ochenta, de modo que es improbable que alguien dejara olvidada esa remera en esos años. Me digo que es improbable pero no imposible, porque tal vez era una remera que alguien había usado en el secundario y después había seguido usando. Una vieja remera para dormir. El matiz entre lo improbable y lo imposible es un resquicio por el que puede filtrarse demasiada luz. Me impongo un esquematismo de fechas exactas, de cronologías absurdas. Pero la verdad es que, más allá de cualquier razonamiento, sé —así de simple, *sé*— que esa remera con el escudo del colegio de monjas llega desde el mundo de mi padre. Podría ser la punta del ovillo que me llevara, tal vez, a saber a quién llamó antes de morir. A la mujer, eso también lo sé, a la que llamó por teléfono días antes de morir.

Hay cuatro colegios Inmaculada Concepción de María Reina, eso dice la guía de colegios católicos que compré en la estación de subte. El librito de tapas grises estaba casi oculto entre viejas revistas de tejido y me quedé mirándolo un rato antes de comprarlo, absorta en la disposición de revistas y libros que ya estaban casi fuera de la venta, amarillentos, prolijamente ordenados en una vitrina lateral del quiosco de diarios. El hombre que me lo vendió ni siquiera recordaba que lo tenía. ¿Una guía de colegios?, me preguntó y entonces dimos la vuelta y le mostré la vitrina, el estante de abajo, las tapas grises.

Dos de los colegios están en Córdoba, uno en Mendoza y otro en Buenos Aires. Este último está en Villa del Parque, en la calle Cuenca, a cinco cuadras de la estación. Busqué el teléfono en la guía, llamé, dije que era una antigua alumna, que quería visitar el colegio. Una vocecita cascada, que parecía ir perdiendo fuerza en el transcurso de la conversación, me respondió que las exalumnas se reunían los últimos sábados del mes.

El edificio es como el de la mayoría de las escuelas católicas de Buenos Aires: patios grandes y luminosos con la figura de una virgen sobre un pedestal, anchas galerías vidriadas hacia las que se abren las puertas de doble hoja de las aulas, cruces de madera en las paredes encima de los pizarrones, una capilla con un pequeño altar donde se oficia misa para las alumnas.

Es el mediodía y el patio está repleto de mujeres. Están sentadas en rondas, en las sillas que han sacado de las aulas, y el murmullo de sus voces se vuelve infantil en ese ámbito. Me quedo mirándolas, de pie a un costado del patio, encandilada por la visión del conjunto: las rondas de exalumnas que parecen tener tanto para decirse, que ríen, comen sándwiches de miga, se levantan y visitan otros grupos, vuelven a sentarse y conversan con la más próxima, estallan en carcajadas, permanecen en un silencio pueril por momentos, mirando en derredor. Son mujeres de cuarenta, de cincuenta años. Una de ellas abandona un grupo, se encamina hacia una tarima, lleva un papel en la mano. Aquellas que están paradas empiezan a sentarse, retroceden hacia las sillas sin mirar atrás y se acomodan mientras siguen hablando, pero desde un grupo alejado alguien chista para que hagan silencio, y entonces los chistidos se suceden y se encadenan, forman un zumbido continuo que cubre el patio como un cielo sonoro, apremiante. La mujer de la tarima tiene ahora un micrófono en la mano.

—Buenos días a todas —dice—. Me informa la Comisión de Festejos que ya están divididas las comisiones para organizar la Feria Anual de Exalumnas.

Una mujer levanta la mano.

—Quiero decir que a mí me parece que hay demasiadas comisiones.

Un murmullo de reprobación se levanta desde algunos de los grupos, pero la mujer sigue hablando.

—El año pasado tuvimos problemas de organización por este motivo.

La mujer de la tarima carraspea.

—Otra vez sopa —dice, y se escuchan risas—. De nuevo la misma historia con la cantidad de comisiones.

—A mí no me parece bien que tengamos que dividirnos en tantas comisiones como promociones haya —insiste la mujer que ha levantado la mano.

Una voz finita se abre paso desde el fondo del patio.

—Como saben, yo soy de la promoción del 82 y quiero trabajar con mi gente.

De pronto, hay muchas manos levantadas.

—Bajen las manos, bajen las manos, por favor —dice la mujer de la tarima—. Acá hay un malentendido. Un grave malentendido. La Feria Anual de Exalumnas, que alguien me corrija si estoy diciendo algo mal, nació hace algunos años para que las diferentes promociones que forman parte de nuestra Asociación pudieran realizar una competencia de objetos.

—¡Objetos! —grita la mujer que no quiere tantas comisiones—. ¡¿Competencia de objetos?! Claro, Sonia, claro que hay un malentendido. Y eso es porque acá nadie habla en criollo. ¿Me querés decir

92

qué objetos vamos a presentar este año? Porque se empieza diciendo objetos y después...

Sonia saca unos lentes, se pone a leer el papel que lleva en la mano.

—El año pasado, estoy leyendo aquí mismo, hicimos una feria de fotos de las diferentes promociones. Y el anteaño, sigo leyendo acá, hicimos una feria de uniformes y zapatos.

—También querías hacer una feria de peinados... —arremete la mujer del fondo y se escuchan algunas risas ahogadas.

La voz finita se eleva otra vez sobre el murmullo.

—No estábamos hablando de esto —dice—. Graciela, vos mezclás las cosas, primero hablaste de la cantidad de comisiones y después seguiste con esto de los objetos. —La voz se vuelve insoportablemente aguda—. Tenés un problema con todo lo que hacemos.

El murmullo general aumenta y se ramifica. Algunas mujeres se levantan de sus asientos y se acercan hasta la tarima para decirle algo a Sonia en secreto. Después de un rato, ella dobla con parsimonia el papel que tenía en la mano, baja de la tarima y se aleja hacia un extremo del patio con el grupo de mujeres que se había acercado a hablarle.

La reunión se dispersa. Muchas sillas quedan vacías, porque las exalumnas ahora conversan de pie, en pequeños círculos de dos o de tres. Solo algunas se quedan sentadas, revolviendo con una mano quién sabe qué dentro de sus carteras o mordisqueando restos de sándwiches de miga.

No dejé de observar a Graciela. Es una de las que se queda sentada, en un rincón del patio, y parece estar arreglándose una pulsera, se toca la muñeca con una atención a todas luces simulada, la cabeza baja, hay algo brillante entre sus dedos, tal vez un brazalete. Me ajusto al hombro la correa de mi cartera y avanzo hacia ella.

Veo un sector de sol en medio del patio, una franja que divide zonas de sombra y al cruzarla me doy cuenta de que Graciela ha levantado la cabeza y me está mirando. Tal vez es el dibujo de la luz lo que ha llamado su atención. Pero me sigue mirando una vez que vuelvo al sector sombreado, mientras camino entre las sillas y los corrillos que susurran, de modo que cuando llego por fin a su lado ambas ya nos sonreímos, una a la otra, un poco avergonzadas, como si nos conociéramos de otra parte.

—Hola —le digo.

—Hola, ¿qué tal? —responde Graciela. Tiene el pelo teñido y está vestida de negro de la cabeza a los pies, una remera, calzas, zapatillas.

—No sé muy bien qué hago acá... —le digo y ella me mira fijamente, un poco divertida, arquea las cejas, espera que siga hablando—. Bueno, sí sé. Es complicado de explicar...

—¿Sos exalumna?

—No, pero estoy buscando a alguien.

—¿A una exalumna?

Me descuelgo la cartera del hombro, la abro, saco la remera que horas antes he doblado prolijamente con ayuda de Julia.

—Escuché que no te gustan los objetos pero... —le digo mientras extiendo la remera ante sus ojos.

Graciela se ríe.

—Todos los años es lo mismo —dice.

Me río también, no sé qué contestar.

—¿Ves acá? —le pregunto, señalo la leyenda *Intercolegiales '77, 4to. año B*—. Estoy buscando a la dueña de esta remera.

—Es de las Intercolegiales. Se hacían dos por año, con las otras escuelas de la congregación.

Toca el escudo, el ribete azul de las mangas.

—¿De dónde la sacaste? —me pregunta.

—Es una larga historia.

Me mira otra vez con picardía. Está esperando que le cuente algo.

—Necesito encontrar a la dueña de esta remera —le digo.

—Sí, ya me lo dijiste antes, pero... ¿por qué? ¿Eran amigas?

—No, no éramos amigas.

Echa la cabeza hacia atrás, larga una carcajada. Las pulseras que había estado escudriñando tintinean.

—¿Tu marido? —se aventura—. ¿Es con tu marido la cosa?

Parece que Graciela siempre dice lo que piensa.

—Sí —le digo—. Es con él.

Hemos alcanzado un grado vertiginoso de intimidad.

—En ese caso... —dice y se levanta de la silla—. En ese caso... vení, acompañame.

La sigo con la remera en la mano por el patio. Camino justo detrás de ella, como una sombra. De pronto se para en seco, gira la cabeza, me pregunta:

—Intercolegiales ¿cuánto?

—Intercolegiales del 77.

—Sí, pero ¿qué año? ¿Quinto?

—No, cuarto —le digo—. Cuarto año B.

Sigue caminando hasta un grupo de cinco o seis mujeres que conversan cerca de la tarima desde la que habló Sonia.

—Chicas —les dice Graciela, pone una mano sobre la remera que llevo, roza con los dedos la tela mientras habla—. ¿Hay alguien hoy de la promoción del 78?

Las mujeres se miran entre sí por un momento.

—¿Del 78? No, creo que no —responde una de ellas.

—No vienen nunca, me parece —agrega otra.

—Se deben aburrir de las discusiones —dice una mujer que estaba a un costado y que se acercó ante la pregunta.

Todas, menos Graciela, se ríen. Ella agradece con una inclinación de cabeza, como los japoneses, y me lleva hacia otro grupo de mujeres.

—Disculpen, esta persona pregunta por la promoción del 78 —les dice, empujándome un poco hacia delante, para mostrarme.

—No hay nadie acá.

Y así seguimos, haciendo una ronda de preguntas por el patio, hasta los sectores más alejados, ella caminando decidida, corriendo sillas y mesas a su paso, yo con la remera apretujada entre las manos. Parece que la promoción del 78 ha sido barrida de la faz de la tierra. Ahora el sector con sol se ha desplazado hacia la izquierda del patio, cerca de la galería, y el reflejo de la luz atraviesa los vidrios, alcanza las paredes exteriores de las aulas. Graciela abre una de las puertas de la galería y entra. Nos paramos en una débil franja de sol, frente a la puerta de un aula que tiene acuarelas pegadas, avisos en letras mayúsculas, un cartelito que dice *5to. Grado*.

—No importa —digo.

Graciela se queda pensativa.

—Escuchame, ¿de verdad es con tu marido este asunto? La remera es del año 77, estoy dudando un poco. Digo, la remera esa tiene treinta años.

Cierro los ojos, espero que el efecto de la luz del sol se fortalezca, pero los vidrios de la galería se han tragado la parte más suculenta.

—Sí, es algo con mi marido, se llama Miguel.

—Miguel —repite y se pasa una mano por la frente.

—Yo me llamo Victoria, no te dije.

Afuera, en el patio, las exalumnas están volviendo a sentarse. Sonia está subiendo otra vez a la tarima, alguien le acerca un vaso de agua desde abajo. Toma el micrófono, carraspea. El borboteo de su voz parece un trueno.

—De verdad, no importa. Volvé a la reunión.

Empiezo a doblar la remera.

—Pará —me dice—. Ya sé. Vení, acompañame.

Caminamos por la galería hasta una escalera de mármol y subimos dos pisos. Salimos a otra galería con ventanales que dan hacia el patio. Desde arriba, la reunión de exalumnas se empequeñece y la voz de Sonia apenas se escucha. Pasamos frente a una sala en la que funciona una biblioteca y, más adelante, frente a un salón con computadoras.

—Entrá —me dice Graciela cuando llegamos hasta una puerta de roble macizo.

—¿Dónde estamos?

—En la Dirección Administrativa.

En el interior se adivina la silueta de una mesa, de un armario. Graciela prende la luz. Veo los escritorios, un archivo, un jarrón con flores secas, una vitrina con trofeos deportivos. Graciela cierra la puerta y me dice:

—Trabajé cinco años como preceptora después de recibirme.

—Ah...

—¿Ves ese archivo?

—Sí —le digo. Todavía tengo la remera en la mano, colgando como un trapo.

Ahí está toda la información.

De pronto, tengo miedo. Retrocedo unos pasos, pongo la mano sobre el picaporte.

—De verdad, no importa —digo—. Es una tontería mía. No vale la pena.

Graciela me mira extrañamente. Otra vez el estado de intimidad que alcanzamos se vuelve perturbador.

—¿Querés la lista, sí o no?

Se escuchan aplausos desde el patio, un breve rugido de manos que cesa de modo brusco, como si Sonia lo hubiera cortado en seco con una orden.

—¿Querés esa lista? —repite Graciela.

—Sí.

Acerca una silla hasta el archivo, se sube de un salto y abre un cajón alto, empieza a sacar papeles, una carpeta.

—No, no es acá —dice, después de mirar las hojas una por una. Vuelve a guardar todo donde estaba. Corre la silla y abre otro cajón del archivo. Más papeles amarillentos, planillas escritas a máquina. Se sienta en uno de los escritorios, se pone a leerlas.

—Acá está. ¿Era el B?

—Era el B.

—Es esta —me dice, alcanzándome una planilla.

Es una lista de nombres y apellidos, algunos van acompañados de datos como dirección o número de teléfono.

—¿Me la puedo llevar?

—Si no te la llevás, la van a terminar exponiendo en una Feria de Exalumnas —dice Graciela, riendo.

—¿Seguro?

—Sí, mujer. Parece tan importante para vos...

Doblo la planilla, la guardo en la cartera.

—Gracias —digo.

Graciela apaga la luz y salimos en silencio. Caminamos por la galería del segundo piso, frente a los grandes ventanales, una detrás de la otra. El exceso de vidrio me hace sentir desnuda, tengo miedo de que las exalumnas puedan vernos desde el patio y se pregunten qué andamos haciendo acá arriba. Avanzamos como sombras hasta la escalera y bajamos a la carrera hasta la planta baja. Nuestros pasos de fugitivas resuenan en el ambiente. Por todos lados cuelgan imágenes religiosas en colores pastel, retratos de santos y representaciones de escenas bíblicas, rosarios de gigantes cuentas de madera.

—Me parece que hicimos mal —digo.

—Te di una copia —susurra Graciela, tomándome del brazo al llegar a la ancha galería vidriada que lleva hacia el patio—. Nadie se va a dar cuenta de que falta.

Me pregunto por qué esta mujer es tan generosa conmigo.

Desde la tarima, Sonia sigue hablando. Las exalumnas están ahora en silencio, casi en un estado de recogimiento, y solo se escucha la voz de Sonia leyendo algo relacionado con las ferias anteriores. Cruzamos el patio entre las mujeres sentadas, algunas nos hacen señas para que no hagamos ruido, ponen un dedo imperativo en cruz sobre los labios y fruncen el ceño, y entonces Graciela me dice que debo, que puedo irme. Me despido de ella y me marcho de la escuela casi en puntas de pie, con la lista guardada como un tesoro en mi cartera.

3

—Ho-lan-de-sa —me dijo María bajito al oído, pero los primos escucharon.

Me pregunté dónde estaría Holanda. Era como si escuchara ese nombre por primera vez, como si en la infinidad de veces que lo había oído durante el partido de fútbol de esa tarde solo hubiera percibido una partícula de algo vacío.

—¡Holandesa! ¡Holandesa! ¡Holandesa! —empezaron a gritarme frenéticamente los primos, contagiados por María.

—Tenés que saltar —susurró otra vez la voz de ella en mi oído.

—Sos holandesa si no querés saltar —me advirtió Gabriel.

Era cansador, la verdad. Hacía un rato que estaban así, los primos y María, tomándome de punto. Ya les había explicado que no quería saltar —es más, les había dicho que no me importaba nada si me transformaba en holandesa por no hacerlo— pero ellos seguían. Los varones siempre eran así, unos desbocados, pero lo de María era una punzada desagradable en el pecho. Ella estaba invitada en la casa de mis primos.

—Yo soy la invitada de honor, es la primera vez que vengo —me había dicho apenas llegamos, para el almuerzo antes del partido.

—¿Por qué de honor?

—Porque hoy es como una fiesta en un palacio, ¿no entendés?, y en los palacios hay príncipes, princesas e invitados de honor.

Era difícil sentir que la casa de mis primos, un departamento en un quinto piso sobre Rivadavia a la altura de Flores, era nada menos que un palacio y la calle llena de gente, una gran fiesta en los jardines. Para mí, seguramente, no eran imágenes que en ese momento pudieran invocarse así como así. Era algo que sucedía o no sucedía. A María le había estado pasando desde el principio, la naturalidad de sentirse importante, y por eso los varones estaban a sus pies.

—Saltá, Victoria —volvió a decirme.

Di dos o tres saltitos para que me dejaran tranquila. Los primos me palmearon la espalda, satisfechos, y se perdieron entre la gente que festejaba en la vereda. Uno de ellos llevaba una bandera argentina atada alrededor del torso, como un chal.

—¿Dónde van? —me preguntó María. No conocía el barrio y no tenía la menor idea de dónde podían ir los chicos si se separaban de nosotras. Nos habían pedido que estuviéramos siempre juntos.

—¿Van a volver con tus tíos?

Era difícil distinguir su delicada voz entre el bullicio. Una voz para lucir en un palacio, tal vez, pero no en una avenida atestada de gente que vociferaba. Por un momento, sentí que dentro de la cabeza no tenía nada salvo el ulular de las bocinas que se entrelazaban unas con otras. Si cerraba los ojos —los había cerrado para recordar dónde quedaba Holanda—, el ruido alcanzaba una intensidad enorme, casi inmanejable.

—Qué sé yo dónde se van.

María se puso en puntas de pie, otra vez me habló al oído.

—Pero tu mamá dijo que teníamos que estar juntos...

Hubo un estruendo en la esquina. Eran fuegos artificiales. La gente aplaudía. Una mujer se agachó y alcancé a ver a uno de mis primos, el de la bandera, varios metros más adelante.

—Vamos con ellos —le dije a María y la tomé de la mano.

Vi a los chicos que corrían serpenteando entre la gente y esquivando los grupos que saltaban y las montañas de papelitos que habían tirado desde las ventanas de los edificios.

María me acompaña a todas partes aunque ninguna de nosotras lo ha decidido. Estamos juntas porque nuestras madres creen que así es mejor para mí. No importa si estamos cansadas una de la otra, y si ese cansancio se nos ha pegoteado y se ha vuelto una melaza: vamos a seguir unidas más allá de ese cansancio. La voz de María me sigue desde hace veinticinco días, cuando murió mi padre.

Las madres hablan por teléfono a la mañana. A la tarde, se juega el partido final de la Copa del Mundo, entre Argentina y Holanda. Hernán, mi madre y yo estamos invitados a la casa de los tíos para almorzar y ver el partido. Ahora que mi padre está muerto debemos acoplarnos a otras familias para sobrevivir a las tardes de domingo, incluso a esta tarde especial de la final del mundo. Nuestras madres deciden que María irá también. Dicen que Hernán puede jugar con los primos aunque son un poco más grandes, pero es posible que yo quede a la deriva.

—¿Y Hernán? —me preguntó María mientras corríamos.

—Subió con mi mamá.

—¿Se asustó?

Al llegar a la esquina, los chicos dieron la vuelta. Yo los intercepté, me agarré de la bandera.

—¿Qué le pasó a Hernán? —volvió a preguntar María—. ¿Se asustó de la gente?

—No, se quiso ir nada más. Dale, corré.

Una vez que llegamos enfrente del edificio donde vivían mis primos, descansamos un rato. Teníamos sed y Gabriel se ofreció a buscar agua. Subió al departamento y volvió con algunos vasos de plástico vacíos.

—No me dejaron bajar con la botella, pero me traje estos vasos.

El primo que tenía la bandera atada al cuerpo señaló hacia la esquina.

—En el garaje hay una canilla.

—¿Qué garaje? —pregunté.

—Uno grande para autos que está ahí, a mitad de cuadra, ahora no se ve por la gente —dijo Gabriel—. Tiene una canilla en el fondo.

—Yo tengo sed —dijo María.

—Vamos —dijeron mis primos y salieron corriendo.

María me dio la mano, los seguimos.

Vamos en el auto a Flores, para ver el partido. Ahora es mi madre la que tiene que manejar el Dodge. Nosotros estamos sentados en el asiento de atrás. Últimamente el tiempo está pasando más lento que de costumbre y este viaje en auto no es la excepción. Las madres le dicen a María que tiene que ser comprensiva conmigo porque las personas que sufrimos solemos irritarnos con facilidad. Yo las escucho mientras hablan. Ahora que mi padre ha muerto soy el centro de muchas conversaciones. Mi madre no llora. Pone la radio cuando salimos de casa, pero la apaga enseguida. Todas las emisoras hablan del partido de la tarde.

—Es acá —dijo Gabriel.

El garaje era enorme y estaba oscuro. Solamente se veían algunos autos y, hacia el fondo, un cuartito con una luz macilenta, como si proviniera de un pequeño televisor. Al lado del cuartito había otros autos cubiertos por lonetas, y también una pila de neumáticos. Entramos corriendo, envueltos todavía en el fragor de la calle, pero apenas avanzamos unos metros se nos impuso el silencio abovedado del garaje. La carrera perdió vigor lentamente, y los gritos y los bocinazos empezaron a alejarse a medida que caminábamos entre los autos estacionados.

—Hay eco —dijo María y la nitidez de su voz nos sorprendió.

Gabriel iba adelante, llevaba los vasos. De pronto se paró y se quedó mirando la pequeña ventana de donde salía la luz del televisor.

—Hay alguien adentro —dijo.

—Debe ser el viejo que cuida los autos —dijo otro de mis primos.

Todos pudimos ver una sombra detrás de los vidrios sucios y, antes de que alcanzáramos a salir corriendo, un viejo desgreñado abrió la puerta de un manotazo.

—Fuera de acá, mocosos —dijo.

—¡Vamos! —gritó Gabriel—. ¡Corran a la salida! ¡Hay que escapar!

Cuando llegamos a la calle miramos hacia atrás, pero el viejo ya había desaparecido. Nos quedamos un rato mirando hacia el fondo, esperando que volviera a aparecer, envueltos otra vez en el barullo de la calle. El garaje parecía no terminar nunca.

—¡Viejo! —gritó de pronto Gabriel, dando unos pasos hacia el interior e inclinando el cuerpo hacia delante—. ¿Te fuiste?

La luz en el interior del cuartito parpadeó. Parecía un lugar fuera del mundo, a miles de kilómetros de esa avenida llena de gente que festejaba.

—¡Entremos! —gritó Gabriel—. ¡Vamos!

Corrimos hacia el fondo, en tropel, sin dejar de mirar la puerta del cuarto por la que había salido el viejo.

—¡Holandés! —gritó otro de mis primos.

—¡Viejo holandés de mierda! —gritó Gabriel.

—¡Salí a festejar! —se unió María con su voz tenue.

La luz en la ventanita se apagó.

—Va a salir, chicos —dijo Gabriel y se fue hacia la salida.

Todos lo seguimos. Pero al llegar a la calle, vimos que la puerta seguía cerrada.

—Tengo miedo —me dijo María al oído.

—¡Holandés! —gritaron mis primos—. ¿Tenés miedo?

Atraídos por el silencio del interior, volvimos a entrar en el garaje. Corrimos hacia el fondo, desde el alboroto de la calle hasta el nudo de silencio que se concentraba al final de la fila de autos.

—¡Viejo holandés! —gritaron mis primos a voz en cuello. El eco devolvió las palabras, dilatadas, empalidecidas.

Por la calle pasaban autos embanderados, grupos de personas corriendo, se oían los mismos cánticos desde hacía horas, el continuo retumbar de los tambores. Desde el fondo del garaje, al lado de los autos tapados con sucias lonetas y de las pilas de neumáticos, el barullo parecía lejano.

—¡Holandés! ¡Holandés! —gritó Gabriel avanzando hasta ponerse justo enfrente de la puerta del cuartito.

—¡Viejo puto y holandés! —gritó otro de mis primos.

La luz se encendió de golpe.

Las madres hablan seguido, es la madre de María la que llama. También llaman viejos amigos, compañeros de trabajo de mi padre. Las conversaciones son breves. Preguntan por mi hermano, por mí. Quieren saber cómo estamos, especialmente nosotros, los niños. Mi madre responde que estamos bien. O, por lo menos, eso dice cuando andamos por ahí, escuchando esas conversaciones.

No vemos los partidos del Mundial pero sabemos si la selección argentina gana o pierde por los festejos en las calles. Mi madre cierra las ventanas, corre las cortinas, deja que la penumbra invada la casa. Somos una isla en medio de la algarabía, una comunidad de silencio entre el jolgorio que se acrecienta mientras se suceden los triunfos del equipo de fútbol.

La madre de María insiste para que salgamos. Dice que debemos ver a nuestra familia. Tal vez a causa de esa insistencia mi madre acepta la invitación de los tíos para ver el último partido. Veinticinco días después de la muerte de mi padre, salimos de la casa con la pesadez de los fantasmas, heridos por la luminosidad del día, todavía demasiado apegados al ambiente lóbrego de la enfermedad y de la muerte. El curso de la vida sigue allí, intacto, voluptuoso, nos rodea por todos lados, se precipita sin reservas sobre nosotros, y recién más adelante, cuando ya estamos en el auto rumbo a la casa de los tíos, se va volviendo otra vez natural hasta hacerse invisible.

—¡El viejo sale otra vez! —gritó Gabriel, mientras corría hacia el portón del garaje.

Los demás lo seguimos a medias, dándonos vuelta para ver si el viejo estaba allí. Entonces se escuchó una voz de trueno, aterradora.

—¡Mocosos de mierda! —gritó el hombre y el ambiente abovedado del garaje devolvió el eco.

Corrí con toda la fuerza de mis piernas. No sabía dónde estaba María, pero creí que estaba corriendo detrás de mí. Casi cuando llegaba a la calle, escuché otro grito. Era la voz aflautada de María, un chillido que me detuvo en seco. Me di vuelta y vi que el viejo la había agarrado por el cuello, la sostenía en el aire y sus piernas se agitaban como lombrices. Los primos también habían parado de correr y miraban la escena, aterrados. El tiempo se detuvo. Al fondo del garaje, agigantado por la penumbra, el viejo mantenía a María en el aire y no la soltaba. Di dos o tres pasos en dirección a ellos, y los primos hicieron lo mismo, y entonces el viejo retrocedió hacia el cuartito, sin dejar a María, como si se la quisiera llevar con él hacia el interior, mientras ella gritaba cada vez más.

—Déjela —dije, pero mi voz era inaudible.

Gabriel empezó a caminar hacia donde estaba el viejo.

—Déjela —grité esta vez, tratando de que mi voz se impusiera sobre los festejos de la calle.

El viejo la soltó de golpe y María cayó en el piso como un peso muerto, se quedó un instante inmóvil como si se hubiera quebrado algún hueso, después se levantó y echó a correr hacia nosotros. Lloraba agitadamente. Siguió llorando sin consuelo aunque la abrazamos entre todos, en la calle, en el ascensor, con un llanto de terror que nunca le había escuchado, y recién se calmó cuando llegamos al departamento y se acurrucó junto a mi madre.

Voy sentada en el asiento de atrás, con María y Hernán, y mi madre maneja. Ella quiere que me siente adelante, pero le digo que no. Es de noche y estamos volviendo, después de pasar la tarde en la casa de los tíos. Mi madre me pregunta otra vez si no quiero pasarme adelante, pero le digo que nunca lo haré. Las marcas de la muerte son precisas, hay que respetarlas. Cualquier compensación, hasta la más trivial, como rectificar la ubicación en los asientos del auto o en la mesa, solo reproduce la ausencia al infinito. Mi madre cree que es posible seguir. Yo, por el contrario, me volveré una sacerdotisa de la ausencia de mi padre, seré inflexible hasta en los menores detalles, y miraré el mundo, como hago ahora con las luces de los autos que se adelantan, las banderas argentinas que flamean en las ventanillas y los grupos de hinchas enfervorizados que aún gritan en las esquinas, con los labios apretados.

4

Ahora tengo una lista de alumnas de 4to. B del año 1977 del colegio Inmaculada Concepción de María Reina de Villa del Parque. No le cuento a nadie mis últimos hallazgos. En realidad, las personas a las que les he contado fragmentos de mi indagación no volvieron a preguntarme sobre el asunto. Hace tiempo que no tengo noticias de María ni de Hernán y mi madre jamás se refiere directamente a mi padre, salvo cuando, como siempre, distribuye las castas estampitas de su pasado. Cada vez que hablo con Miguel sobre algo relacionado con Julia, espero que se acuerde de esa conversación que tuvimos hace un tiempo en un bar, en la que le pedí que me ayudara.

—¿Harías cualquier cosa que te pidiera? —le pregunté aquella vez.

Te pido que leas conmigo la lista de alumnas, me gustaría decirle. Podría pasar a buscarlo por Adrogué y llevarlo, llevármelo a cualquier parte, tal vez precisamente a la casa de Miramar, lejos de Delia y de los cactus y del yoga y rogarle, entonces, que me ayude a descifrar quién era la dueña de la remerita.

—¿La remerita? —diría Miguel con los ojos brillantes de risa.

La dichosa remerita.

Leo la lista, una y otra vez. Los nombres y apellidos lo dicen todo. Dicen demasiado, están saturados de imágenes potenciales, evocan personas y, además, un momento en la historia de esas personas, una época plasmada en una planilla, y esa conjunción se vuelve desorbitada. La lista es molesta porque es inútilmente precisa. Dejo pasar los días, vuelvo a repasar los nombres y el efecto se multiplica.

—¿Una lista? —preguntaría Miguel.

En nuestros diálogos imaginarios él siempre pregunta por aquello que ya tiene respuesta.

Una noche sueño que las mujeres de 4to. año B de 1977 del colegio de Villa del Parque son esqueletos. Llevan un pañuelo envolviendo el cráneo, como el que se ponía mi madre en la playa de Miramar, y son amigables. Solamente quieren que les devuelva la lista. Me siguen por un camino en medio de un bosque. Cuando me doy vuelta, se detienen al instante, todas a la vez, y reanudan la marcha apenas sigo adelante. Me propongo enloquecerlas. Empiezo a caminar más rápido y me paro bruscamente, giro la cabeza y las veo apiñarse al frenar, unas contra otras. La segunda vez que lo hago algunas se caen y se despedazan, y los huesos rotos levantan una polvareda que me envuelve y no me permite ver más allá de unos centímetros. Cuando el polvillo empieza a disiparse, veo que una de ellas, la más desgarbada, ha logrado alcanzarme y, como un latigazo, acerca su cráneo hasta mi cara y susurra:

—La planilla.

Bajo el efecto del sueño, ando días y días con la lista doblada en la cartera, pensando que estoy haciendo algo mal o que me la pueden arrebatar. Ambas ideas me resultan igualmente amenazantes. No sé qué hacer con la lista. Por momentos, tengo el impulso de tirarla a la basura y acabar con esto. La saco, la desdoblo, vuelvo a leer los nombres de esas chicas, repaso con un dedo el finísimo relieve del sello administrativo del colegio en la parte superior de la hoja. De modo paulatino, casi imperceptible, la lista de alumnas se transforma en un vórtice alrededor del cual giran mis pensamientos. Esas estudiantes de los setenta, con sus uniformes grises, los flequillos hacia el costado, los peinados tirantes, las aulas de techos altos, las monjas que cruzan los patios y rezan en la capilla, la vieja portera que abre la puerta principal por las mañanas, todas esas mujeres en blanco y negro que cumplen una jornada cualquiera, se vuelven íntimas, envolventes. Sé que tengo que hacer algo para dejar de considerarlas un bloque, para separarlas entre sí, y que esos nombres y apellidos adquieran consistencia individual, pero no se me ocurre qué exactamente.

La enfermera que me abre la puerta es la misma de la otra vez.

—Simón Conde —le digo, cuando me pregunta a quién voy a ver.

Me lleva hasta el comedor. Simón está sentado frente al televisor, viendo un programa de cocina.

—Abuelo —le dice la enfermera—. Lo vinieron a visitar.

Simón se da vuelta, me mira un momento, vuelve al televisor. La enfermera me trae una silla.

—Sentate con él —dice.

Alguien la llama desde el otro extremo del comedor y nos deja solos.

—Hola, Simón.

—Buenas tardes, señorita —responde, sin mirarme.

En la televisión están cocinando un budín de café.

—¿Te gustan estos programas? —le pregunto.

—Un poco.

El cocinero está limpiando una fuente con un repasador a cuadros.

—Te traje cigarrillos.

Simón me mira con recelo, después manotea el paquete con brusquedad, se lo guarda en el bolsillo del pantalón.

—¿Quién sos?

—Victoria, la hija de Rafael. ¿Te acordás que vine hace un tiempo?

Niega con la cabeza.

—No te acordás.

Hace un gesto hacia el televisor.

—Apagalo —dice.

Me levanto y lo apago.

—No me gusta ver gente cocinando.

Saco la lista de la cartera.

—Me gustaría hacerte algunas preguntas —le digo.

Simón cierra los ojos. Se balancea ligeramente y tararea una melodía.

—Es como un juego —digo.

Ahora se queda quieto, sigue con los ojos cerrados, pero saca el paquete de cigarrillos del bolsillo, lo pasa de una mano a la otra, varias veces, hasta que el atado se cae al piso. Lo levanto y se lo devuelvo. Entonces abre los ojos, por primera vez me mira de frente, como si me hubiera reconocido.

—Rafael —suspira.

—¿Qué?

—Nada.

Le muestro la lista de alumnas.

—¿Ves acá?, ¿ves esta lista?

—Sí —responde, pero ya no me mira, sus ojos están fijos en un punto invisible, detrás de mí.

—Voy a leerte los nombres, Simón. A ver si alguno te suena.

No me contesta.

—Verónica Acevedo.

—¿Qué?

—Verónica Acevedo.

Simón se rasca la cabeza. Por un instante, parece que fuera a decir algo, pero después solo bosteza.

—Nancy Bianchini.

Mira hacia delante, sin parpadear.

—María Fernanda Cáceres —digo con voz grave, para probar con el cambio de tono, pero sigue sin mirarme.

—Silvina Castillo, Roxana Ciruelo, Evangelina Fernández, Mónica Guerrini, Nancy Heredia, Patricia Iboldi —leo de corrido, apurando la respiración, y después paro un momento, miro alrededor y me pregunto qué estoy haciendo ahí, leyendo nombres desconocidos a un viejo con alzhéimer.

—¿Te suena alguno?

Simón menea la cabeza.

—Tal vez mi padre nunca te dijo su nombre.

—Su nombre —repite Simón, sin dejar de menear la cabeza.

—Valeria Muñoz.

—Quiero ver la televisión —dice.

—Esperá un ratito. Escuchá este: Verónica Osorio.

—Quiero ver.

—Daniela Peralta —le digo mientras me levanto y prendo la televisión.

—¿Qué?

—Daniela Peralta —repito, esperanzada.

Pero ahora Simón está mirando otra vez el programa de cocina. El cocinero está acomodando las porciones del budín sobre un plato. Nos quedamos un rato mirando cómo lo hace, hasta que una enfermera se acerca con una pastilla. Le trae también un vaso de agua y él bebe a grandes sorbos, como un niño, sin despegar el vaso de los labios hasta el final mientras sus ojos se asoman por encima, fijos en la pantalla.

—Silvia Ribeiro —le digo, una vez que la enfermera se ha marchado.

—No me gustan estos programas.

—¿Querés que lo apague?

Hace un gesto con la cabeza.

—No.

—Marcela Suárez, Gabriela Susini, Analía Vázquez —susurro, casi vencida.

Simón no dice nada.

—Ana María Veliú —leo. Quedan apenas dos nombres más—. María del Rosario Williams, Norma Zuccardi —digo lentamente, esperando que suceda el milagro, que Simón avance a través de las tinieblas de su mente y me transmita la información que busco: algo que le dijo mi padre durante esos cafés que compartían en la cocina, una mención soltada al pasar en los últimos momentos de su vida, cuando hizo ese llamado telefónico o, aunque sea, una sospecha de Simón sobre un amor secreto de su viejo amigo. Pero otra vez nada sucede.

Más tarde, después de acompañarlo un rato, le digo que me tengo que ir. Simón se levanta, me despide con formalidad. Se frota las manos entre sí, como si quisiera limpiárselas, y me tiende una de ellas ceremoniosamente.

—Fuc un gusto, señorita.

—Para mí también —le digo, sonriendo.

Lo dejo mirando televisión y busco a la enfermera para que me abra. En un pasillo me cruzo con un viejo que camina apoyándose contra la pared porque tiene una pierna vendada. Al llegar al vestíbulo, una enfermera me alcanza, me despide, y en pocos segundos me encuentro otra vez en la calle de tilos. Me invade, entonces, una enorme sensación de irrealidad. La luz del atardecer se filtra entre las ramas de los árboles y, como la calle está desierta, el sonido de mis pasos en la vereda parece amplificarse hasta adquirir un viso de suspenso. Miro hacia todos lados, súbitamente temerosa de las sombras, pero enseguida me doy cuenta de que la amenaza no proviene del exterior sino de mi propio desasosiego. El encuentro con Simón me ha abandonado otra vez frente a frente con el muro de silencio que rodea la muerte de mi padre. Rígida, a la defensiva, sigo avanzando por la vereda hacia la esquina, como si al caminar pudiera ir soltando los asideros del pasado desde los pies, uno a uno, para que se confundan con las sombras del atardecer y me dejen en paz. Cuando estoy a punto de alcanzar la esquina, escucho que alguien grita detrás de mí. Es la enfermera que le dio la pastilla a

Simón. Viene corriendo, me dice que es una suerte que no me haya ido más lejos porque Simón está muy agitado desde que me fui. La enfermera insiste en que la acompañe. Vuelvo sobre mis pasos. La mujer va caminando un poco más adelante, apurada por alcanzar la entrada del geriátrico. Su delantal blanco brilla en la penumbra.

—No tenemos médico de guardia —me dice, apenas cruzamos el vestíbulo.

Me lleva hasta la habitación de Simón. En la puerta la está esperando otra enfermera, que le hace una seña tranquilizadora.

—Está mejor —dice.

Simón está acostado en la cama, con los ojos cerrados. Le tiemblan las manos.

—¿Cuál es su papá? —murmura cuando me acerco hasta la cama.

Le tomo las manos entre las mías. El temblor sigue, pero parece ceder un poco si aprieto con fuerza sus dedos. Las enfermeras nos observan sin decir nada.

—Buscá ahí —dice Simón, señalando una caja que está en uno de los estantes del placard.

—¿Esa caja? —le pregunto, sin soltarle las manos.

Hace un gesto de asentimiento con la cabeza.

Me levanto, doy vuelta alrededor de la cama, sin dejar de mirar las manos otra vez electrizadas de Simón. Me tengo que poner en puntas de pie para bajar la caja.

—Que se vayan —me dice Simón, señalando a las enfermeras.

Nadie le contesta.

Pongo la caja sobre la cama y la abro. Está repleta de fotos.

—Hay fotos —digo.

—Son mías —dice Simón, pero tiene la mirada extraviada que le he visto antes.

Hay muchas fotos de Simón con sus padres, todas muy viejas, con los bordes carcomidos. También algunas de animales, de Simón con sus compañeros de escuela, tienen dedicatorias, una firma y la fecha. Voy sacándolas de la caja y armo una pila sobre la cama. De pronto, aparece mi padre. Veo solo su cabeza, porque la foto está debajo de otras, pero es él, no lo dudo ni un instante. La tomo por el borde, tiro hacia afuera lentamente, allí está, de medio cuerpo, sonriendo a la cámara. Está en el mar.

—El mar —susurro, y las enfermeras inclinan la cabeza tratando de escuchar.

Mi padre con más de cuarenta años y el torso desnudo parece un nadador.

—Este es mi papá —le digo a Simón, mostrándole la imagen, pero tiene los ojos cerrados y no responde.

Doy vuelta la foto. En el margen inferior, con tinta azul y letra pequeña, dice: *Para Rafael, con amor, de A. V. Miramar, noviembre de 1977.*

5

Mi padre no era un nadador. Era un hombre de las plantas, de los árboles, siempre tenía las manos sucias de tierra. El «dedo verde», le decía mi madre, refiriéndose a la habilidad que tenía para revivir las plantas marchitas. Ella detestaba que casi nunca nos acompañara a la playa. Siempre fuimos una familia sin padre bajo el sol furioso del mediodía. Mi madre se ocupaba de clavar la sombrilla en la arena, y lo hacía mirando furtivamente hacia la escalinata del balneario, año tras año, luchando contra el viento, y esperando que mi padre se arrepintiera y bajara con nosotros. Después acomodaba las reposeras, se ponía un pañuelo en la cabeza, nos daba órdenes a mi hermano y a mí como un general en una batalla, pongan los sándwiches a la sombra, sacate las sandalias, traigan más acá la canasta. Actuaba como un general traicionado que nunca quedaba satisfecho con el campamento que armábamos en la playa. La orientación de la sombrilla se transformó, con los años, en una cuestión delicadísima ya que no lograba hallar el punto justo para aprovechar mejor la sombra.

—Hay que sacar el mayor partido de esta sombrilla —murmuraba mientras ajustaba la posición del puntal, una y otra vez.

Mi padre permanecía en el jardín de la casa, bajo la sombra sencilla de sus árboles. Muy cada tanto, para complacer los reclamos de mi madre, bajaba a la playa. Lo hacía después de las cuatro de la tarde, con gorra y zapatillas. Aparecía en lo alto de la escalinata del balneario y desde allí buscaba con la vista nuestra vieja sombrilla a rayas.

—Tu padre —me avisaba mi madre, sin el menor atisbo triunfal, cuando lo veía acercarse zigzagueando entre la gente.

La tarde se iluminaba. Mi hermano y yo lo tratábamos como si fuera un singular invitado a la vida marítima, como si de nosotros dependiera su bienestar en la playa. Éramos oceánicos, estábamos curtidos por el sol, la liturgia del mar nos quedaba infinitamente cómoda; él, por el contrario, venía de la paz del jardín de rosas, usaba una gorra ridícula y tenía la piel blanca.

—Parecés un viejo —le dijo una vez mi madre, mientras él se guarecía de pie bajo la sombrilla. Lo trataba con dureza, yendo y viniendo alrededor de las esterillas extendidas sobre la arena, con sus largas piernas de flamenco y sus gigantes anteojos de sol.

Mi padre aceptaba la derrota, pero resistía. Nunca se acercaba a la orilla, a pesar de que los tres lo llamábamos a los gritos desde la rompiente, los brazos en alto, las olas sobre nuestras voces, el viento que enredaba las palabras.

—¡Rafael! —insistía mi madre, al borde de la irritación, pero mi padre, a lo lejos, encorvado bajo la sombrilla, no hacía más que sonreír. La suya era una sonrisa conciliatoria, que buscaba indulgencia, y cuando volvíamos empapados nos esperaba con las toallas para abrigarnos, y abría los paquetes de galletitas con sus manos secas, diligentes, y nos alimentaba en la boca como a pájaros.

No era un nadador, pero le gustaba llevarnos a pescar con él en las madrugadas. Tenía varias cañas en el galpón y la noche anterior las sacaba y las llevaba a la galería, sin decirnos nada. Cuando salíamos al jardín después de comer, señalaba los elementos de pesca apoyados contra la pared, y nos preguntaba:

—¿Quién viene conmigo?

El mundo estaba dividido entre nadadores y pescadores, y estos últimos eran gente de pocas palabras o de palabras que escondían contraseñas. Nos despertaba al alba, tocándonos apenas, y nos servía una taza de leche chocolatada en la cocina aún oscura, mientras mi madre dormía. Lo hacíamos todo en silencio para no despertarla, pero también porque el ritual de la pesca empezaba en cuanto nos levantábamos, y el silencio era una parte importantísima del asunto, estar callados y aguantar el peso del sueño que nos cerraba los ojos, mientras mi padre nos observaba detrás de su taza de café negro. Esas madrugadas en la cocina eran el exacto reverso del bullicio diáfano de la playa, estaban impregnadas de una densidad que preanunciaba los movimientos de los peces bajo el agua profunda, y mi hermano y yo nos las calzábamos como un guante: la taza de chocolatada, la lata de galletitas, el pulóver en los hombros para protegernos del viento del amanecer.

No era un nadador, mi padre, creo que no le gustaba la amplitud del día junto al mar, tal vez le parecía demasiado explícito el caudal de vida que se desplegaba allí, un abuso de la expresión, y por eso se quedaba con las plantas, él que era el hombre del «dedo verde», dejando el resto para mi madre.

—Hay que comprar camarón —nos decía al salir en el Dodge rumbo a la mejor escollera para pescar pejerrey. Se esmeraba en explicarnos la técnica. Mientras manejaba, nos hablaba del tipo de carnada y de la dirección del viento, de la diferencia entre pescar desde los espigones o en los arroyos, y era esa conversación la que finalmente nos iba despertando, ese arrullo de pescadores, de modo que cuando llegábamos a destino y bajábamos del auto la resaca del sueño se había deshilachado y flameaba detrás de nosotros.

Mi padre les compraba la carnada a los viejos pescadores del espigón. También conseguía una cosa que se llamaba *ceba*, que venía en lata, y que tiraba al mar para atraer a los cardúmenes. Una vez que teníamos lo que hacía falta, nos ayudaba con nuestras pequeñas cañas. Después se acomodaba con su propia caña al lado nuestro y, en ese momento, empezaba el verdadero silencio.

A veces sacábamos uno o dos pejerreyes, otras veces nos volvíamos con las manos vacías, pero mi padre siempre estaba satisfecho. Pasábamos por la panadería y comprábamos facturas calientes para el desayuno tardío junto a mi madre.

A mí me hubiera gustado tener un padre que nadara. Pero tal vez su ausencia en la vida de playa fue un balbuceo de su posterior desaparición. Una forma de practicar para más adelante, cuando pasábamos el verano en San Clemente o en Villa Gesell y ya no estaba con nosotros. No descansaba en la playa ni, por supuesto, nadaba en el mar, pero tampoco esperaba en el jardín de alguna casa, y mi madre no tenía con quién enojarse por la sombrilla. Debíamos hacer todo nosotros mismos: extender las esterillas, buscar almejas, comprar el diario en el quiosco del balneario, nadar a cielo abierto con esos nuevos cuerpos que teníamos de pronto. Ya estábamos acostumbrados a ese efecto de la muerte, llevábamos una vida entera sin un padre que nadara, y por eso, durante los días de sol implacable, al entrecerrar los ojos para atenuar la luz fosforescente de la tarde, parecía, por algunos instantes, que él nunca había existido.

6

A.V. fue la amante jovencísima de mi padre.
Una chiquilla de colegio de monjas. Uno de estos
dos nombres de la lista:
Analía Vázquez
Ana María Veliú
Mi padre tenía más de cuarenta años y ella
apenas dieciocho. He reunido indicios. Son apenas fragmentos de una historia oculta que han
salido a la luz, y ahora se me ponen por delante,
se vuelven inevitables. La historia parcelada que
contaba mi madre está muerta. Debajo de esas
láminas marmóreas de la vida de mi padre que
ella nos entregaba en cuotas, fluye un caudal de
información que todavía es secreto, que apenas
llego a avizorar, pero que vuelve imposible la antigua credulidad, la resquebraja.
Si A.V. es Analía Vázquez o Ana María Veliú, si
la lista de alumnas y la foto que me dio Simón llevan a la misma persona, mi padre estaba enamorado de una mujer treinta años más joven, y eso ocu-
rría meses antes de que muriera. De hecho, la fecha
que figura en el dorso de la foto es noviembre de
1977 y mi padre murió en junio de 1978. Tal vez

sea demasiado pensar que estaba enamorado. Tal vez no sepa qué hacer con esta incómoda, estrafalaria, diferencia de edad entre ellos. Pero de eso se trata mi búsqueda, de arriesgar con la imaginación, y cuanto más avanzo más nítido me parece todo, como si la evidencia hubiera estado ahí desde siempre, esperando mansamente que reparara en ella.

Es probable que A.V. sea Analía Vázquez, eso me parece la mayor parte del tiempo, quizás también porque en la lista de alumnas figuran algunos teléfonos, y sí está el de Analía Vázquez y no el de Ana María Veliú. El casillero vacío en el renglón de Veliú, la ausencia de otro dato que no sea su nombre, la vuelve aún más borrosa, casi insignificante, y me hace conjeturar alguna clase de señal en la facilidad de disponer de un número al que llamar a Analía Vázquez, aunque se trate del viejo teléfono de su etapa escolar.

Espero unos días, pensando en la manera de presentarme. Cuando decido las primeras palabras que diré, disco el número y me atiende una anciana que dice *oigo, oigo*, alargando en exceso la o, *oooigo*, pero no me animo a hablar y corto. Lo hago dos o tres veces, y la mujer se va poniendo nerviosa, cada vez grita más y yo aguanto la respiración, dejo pasar unos segundos, vuelvo a cortar sin decir nada. Ensayo mentalmente otra forma de presentarme, descarto variantes, incluso llego a considerar por un instante la posibilidad de terminar para siempre con este asunto, de deshacerme de la lista de alumnas, de la remera y de la foto y así, con la desaparición de esos objetos, enterrar la ilusión de averiguar más sobre mi padre. Pero esa breve aproximación a la derrota renueva mis fuerzas y disco otra vez. La mujer tarda en contestar, como si hubiera decidido ignorar la llamada, y casi cuando estoy a punto de cortar, atiende.

Es la madre de Analía Vázquez. Eso es lo primero que le pregunto, si estoy hablando con la madre de Analía Vázquez, y ella responde secamente que sí, y después de un silencio que parece eterno, le digo que soy una antigua compañera de colegio de su hija y que quiero comunicarme con ella.

—¿Cómo se llama? —me pregunta.

—Victoria —le digo.

—No me acuerdo de usted —dice.

Le pregunto si Analía vive con ella. La vieja carraspea, molesta, y me doy cuenta de que avancé atropelladamente.

—Es importante para mí hablar con su hija —digo, y el tono de mi voz se ha vuelto convincente en el punto culminante de la ansiedad, porque temo perderlo todo cuando lo tengo al alcance, y la mujer de pronto parece someterse a mi voz arrojada, se ablanda un poco, me dice que hace muchos años que Analía no vive con ella.

—¿Podría darme su número? —pregunto.

—No —responde, otra vez en guardia.

—¿No?

—La verdad es que no me acuerdo de ninguna Victoria —dice.

—¿No? —repito, porque ya no sé qué decir.

—No —dice la mujer y la conversación parece llegar a un punto muerto.

Se produce otro silencio definitivo. La respiración de la anciana es apenas audible, pero es lo único que me mantiene allí, ese débil jadeo suspendido en el agujero de la línea, como un imán que, contra toda intención de cortar, logrará que me quede esperando. Eso hago, entonces: espero. La vieja parece hacer lo mismo que yo y los segundos se estiran hasta echar raíces en medio de nosotras.

—Bueno... —dice, finalmente.

—¿Sí?

—¿Para qué me dijo que quería hablar con Analía?

—Necesito decirle algo muy importante.

La mujer lanza un suspiro.

—Hace semanas que no la veo —dice.

—¿Vive lejos?

—No, en Belgrano, pero tiene mucho trabajo.

—Si usted quisiera decirme dónde trabaja...

—Sí —dice—, eso podría ser.

—Claro —cierro los ojos haciendo fuerza para que el envión del diálogo no disminuya—, yo entonces podría ir a verla a su trabajo.

—Tiene un negocio en Soldado de la Independencia y Maure, justito en la esquina.

—Un negocio...

—De ropa.

—No sabe cuánto le agradezco.

—De nada, de nada —responde la anciana, y antes de que alcance a decirle algo más, corta.

Me bajo del colectivo en Luis María Campos y Maure. Pensé en bajarme antes, más lejos de mi destino, para caminar un rato hasta que llegue el momento de conocer a Analía. Incluso me levanté del asiento y me acerqué hasta la puerta trasera del colectivo decidida a tocar el timbre, pero otras personas se me adelantaron y saltaron rápidamente del estribo hacia la vereda, y el colectivo volvió a arrancar.

Me bajo, entonces, a solo una cuadra del negocio. Camino despacio, paso enfrente de un puesto de flores y, por un instante, se me ocurre comprar un ramo, llegar desde el fondo del pasado con ese regalo, pero de inmediato la idea me parece ridícula, me avergüenza al punto de hacerme detener en seco, como si a partir de ella se hubiera desnudado de golpe el absurdo de mi ilusión.

No sé bien qué voy a decirle. No sé por dónde empezar. Es probable que se resista a escucharme, que no le interese. Unos metros antes de llegar a la esquina de Soldado de la Independencia y Maure, la sensación de estar haciendo algo insensato se agiganta hasta nublar cualquier otra percepción. El aire a mi alrededor, toda la atmósfera, tiene ahora la consistencia del agua, parece derramarse sobre mí en apretados círculos concéntricos. Me mareo un poco, temo perder el equilibrio, las piernas se me ponen rígidas, pero sigo avanzando porque sería una locura abandonar justo ahora, y también porque acabo de ver el negocio en la esquina, el cartel que dice *Analía Vázquez* en grandes letras doradas y una mujer que podría ser ella, acodada sobre el mostrador, con la mirada perdida en la calle. Llego hasta la puerta del negocio y advierto que además de ropa para mujeres, también hay perfumes y lencería, en una vidriera están expuestos los vestidos y en otra los corpiños y las medias, y hacia el fondo, en la semioscuridad detrás del mostrador, se adivinan filas de cajas, cada una con su etiqueta, apiladas sobre estantes de vidrio. Todo lo veo desde la calle, en una rápida ojeada antes de entrar, atesorando mentalmente el reino de A.V., acumulando los atributos del ambiente en el que trabaja esta mujer que busco desde hace meses, como si necesitara llenar una escenografía determinada para el encuentro. Al mismo tiempo, mientras pongo un pie dentro del negocio, trato de no enfocar hacia el mostrador, bajo los ojos y me reservo para el final la detonación que significará ver por fin esa cara frente a mí, prefiero que sea cuando la tenga a pocos centímetros. Bajo la vista hasta que está frente a mí, por el rabillo del ojo percibo que se ha incorporado un poco, está pendiente de mí, tal vez esté por preguntarme qué deseo, qué quiero comprar, ya flota en el aire la tensión previa a su voz, y entonces levanto los ojos y en una única oleada fulminante la veo, me está sonriendo, es lindísima, es breve, tiene una piel casi transparente, y me sigue sonriendo cuando por fin le pregunto:

—¿Analía Vázquez?

—No.

Por un instante, creo haberme equivocado de negocio, pero es imposible, allí estaba el cartel con el nombre en letras doradas, y veo sobre el mostrador una tarjeta que también dice *Analía Vázquez, prêt-à-porter.*

—Ella no está, pero yo puedo atenderla —dice la mujer.

—¿No está?

—No, salió un momentito, pero, dígame, ¿qué está buscando?

—Nada. No quiero ver nada, gracias. Vine para verla a ella. ¿Puedo esperarla?

—Claro.

Me indica una silla que está al lado del único probador. Me siento, cruzo las piernas, tratando de aparentar naturalidad, como si toda la vida me la hubiera pasado esperando a probables amantes de mi padre en boutiques de Belgrano. Vuelvo a mirar a la vendedora, que sigue acodada sobre el mostrador, observando la calle. Ahora, que está desprovista del aura dramática que irradiaba hace unos instantes, cuando yo creía que se trataba de A.V., me doy cuenta de que, por una simple cuestión de edad, es imposible que hace treinta años haya sido la joven de la que mi padre estaba enamorado. Esta mujer tiene treinta y pico de años. Y A.V., quienquiera que sea, debe tener ahora más de cuarenta años, siete u ocho más que yo, porque ella tenía dieciocho cuando estaba con mi padre y yo, en ese momento, diez.

De modo que empiezo a mirar hacia la calle, hacia las mujeres que cruzan Soldado de la Independencia con bolsas del supermercado, con niños de la mano o a las que bajan de los taxis enfrente del negocio, y me pregunto cuál de todas ellas será finalmente Analía Vázquez. El mundo exterior, de golpe, se transforma en una retícula de mujeres enigmáticas, que esconden un secreto en el fondo de su juventud.

—No va a tardar mucho —me dice la vendedora, como si percibiera mi inquietud.

Tal vez Analía Vázquez, en el caso de que ella sea la misma que escribió la dedicatoria en la foto de mi padre, no tenga mucho para decirme sobre él. Los secretos amorosos de los dieciocho años prescriben, se enmohecen, se deforman, se olvidan para siempre.

—Ahí está —dice la vendedora.

Me levanto de la silla casi de un salto. Una mujer de corta estatura, que carga sobre un brazo una pila de vestidos doblados, acaba de entrar en el negocio. Se acerca de inmediato hacia el mostrador y habla en voz baja con la empleada. Ninguna de las dos se fija en mí, mientras sigo parada junto a la silla. Estoy decidida a interrumpirlas cuando de pronto la vendedora me señala y dice:

—Esta persona quiere hablar con vos.

—Hola —me dice Analía Vázquez, dándose vuelta, y me extiende una mano pequeña y rolliza, que retira inmediatamente, antes de que pueda estrechársela, apenas la rozo con los dedos.

—Hola —respondo. No tengo la menor idea de cómo empezar.

Analía arquea las cejas y me mira con una semisonrisa congelada, esperando que siga hablando. Caigo en la cuenta de que me será muy difícil contar toda la historia en estas circunstancias. Pero, aunque la sensación de estar fuera de lugar aumenta segundo a segundo, abro la cartera y saco la foto de mi padre en el mar. Se la muestro a Analía Vázquez y a la chica, que la miran absortas, sin decir una palabra.

—Mi padre —les explico, mientras observo la expresión de Analía.

—No tengo el gusto de conocerlo —dice.

Leo la dedicatoria. En el negocio, frente a las dos mujeres que me miran con la certeza de que estoy loca, las palabras que escribió A.V. hace treinta años suenan vacías.

—Pensé que vos podrías ser la mujer que escribió esto —digo.

—¿Yo?

—Sí.

—¿Estás buscando a la mujer que escribió en la foto?

Tomo aire, le cuento toda la historia desde el principio. El llamado que hizo mi padre antes de morir. La remera con la inscripción del colegio. La lista de alumnas que conseguí. La foto que me dio Simón. Hablo sin hacer una sola pausa, y la historia crece y se alimenta de los ojos fijos de Analía Vázquez, se vuelve cierta y suplicante, aunque mi dicción es veloz, firme, insuflada por la impresión de que esta es mi última oportunidad.

—En la dedicatoria de la foto dice A.V. ¿Ves? Y en la lista estás vos...

—Y Ana Veliú —dice Analía, con una sonrisa.

—Ana Veliú, claro —repito—. Pero pensé que eras vos.

—Y te viniste hasta acá —me dice, con algo de lástima.

—Sí.

—Qué raro que es todo esto —murmura la vendedora.

Pero Analía Vázquez está pensando en otra cosa.

—Anita Veliú... —murmura.

—¿Quién es Anita Veliú? —pregunta la chica, algo divertida, desde el mostrador.

—Una compañera mía del secundario —le responde Analía. Cierra los ojos, parece tratar de recordar algo. Por alguna razón, le ha interesado la historia que le conté—. ¿Será ella?

—Espero que sea ella, porque si no...

—Claro —dice—. Si no es ella, te quedás sin saber el secreto de tu papá.

—¿Vos podés conseguirme el teléfono?

Analía me mira, conmovida.

—Es que hace años que no tengo contacto con nadie...

—Claro —digo. Guardo la foto. Me cuelgo la cartera del hombro. Trato de hacer movimientos simples, mecánicos, que sirvan para esconder la desilusión que siento.

Dos mujeres entran al negocio. Analía se va con ellas. La chica me mira desde el mostrador, mientras acomoda unos papeles. Después atiende el teléfono. Hago con la mano un saludo general y, mientras avanzo hacia la puerta, escucho que Analía me grita desde el probador:

—Pasá en un par de días, a lo mejor consigo el número.

En la guía telefónica hay un *Horacio Veliú*, con una característica del sur de Buenos Aires. Llamo varias veces, en diferentes momentos del día, pero nunca contesta nadie. Pruebo con el *Google*, escribo: *Ana María Veliú* y *Ana Veliú* y también solamente *Veliú*. Aparecen algunos enlaces que incluyen nada más que el apellido, uno de ellos remite a una página en albanés, pero lo más significativo es una frase en rojo al tope de la lista que dice *Quizás quiso decir Ana Véliz*.

Una semana más tarde vuelvo al negocio de Analía Vázquez. La vendedora está sola y no me reconoce. Le recuerdo la conversación sobre la foto de mi padre y entonces me dedica una sonrisa compasiva. Me pide que la espere un momento, se pone a ordenar unos estantes. Me siento otra vez en la silla al lado del probador. Miro mis piernas, los zapatos impecables. Después de un rato suena el teléfono. La chica atiende, me parece escuchar que dice *hola, Analía*, luego sigue hablando sobre unos sacos que tendrían que haber llegado, de pronto me mira, baja la voz, vuelve a echarme una ojeada y, sin dejar el teléfono, empieza a buscar algo en los cajones del mostrador. Los abre, uno por uno, mientras sigue hablando, hasta que saca un papel, lo lee rápidamente y después corta. Me hace una seña para que me acerque al mostrador.

—Era Analía —dice—. Dejó esto para vos.

Me da el papel, en el que está escrito *Ana Veliú* y un número de teléfono.

—Le dije que habías vuelto y me pidió que te lo entregara.

—¿Cómo lo consiguió?

—No sé, creo que habló con alguien, otra compañera del colegio, una de esas que guarda toda la información de la gente, y se lo pidió —me dice y otra vez sonríe con indulgencia—. Pero lo importante es que lo consiguió, ¿no?

Bajo la vista hasta el número de teléfono.

—Sin duda —le digo.

7

Miguel mira hacia afuera, a través de la ventana del café, y un mechón de pelo le cae sobre la frente, un mechón con canas, no se las veo desde acá, pero conozco ese rulo que se le subleva cuando recién se lava el pelo. Tengo demasiada información, tal vez ese sea el problema. Un exceso de información corporal. Arrugas, posiciones para dormir, la forma de frotarse los dedos después de comer galletitas para limpiarse las migas, las palabras que dice cuando hace el amor. No *debería* haberlo visto crecer. Año tras año, la información de su cuerpo se volvió adhesiva. Ese mechón, por ejemplo, él lo odia, lo odiaba, a los veinte años se pasaba horas tratando de domeñarlo, mientras yo lo miraba desde el umbral de la puerta del baño. Me acerco hasta la mesa y hago lo imposible: le saco el mechón de la cara, antes de saludarlo.

—Hola —me dice con dulzura, pero ya ha corrido instintivamente la cabeza.

—Hola —le digo.

Siempre creo que es una ilusión óptica.

—Julia sale a las tres, ¿no?

Está en la clase de natación. *Una sirena en el agua*, me contó Julia que le dice Miguel.

—Me querías ver —me dice.

—Ajá.

El dolor nunca desaparece. Se desgrana, y esos granos siguen nítidos al tacto a través de los años, como bolitas. Ahora siento que se apelotonan, tienden a reunirse en una superficie continua, difícil de soportar.

—Hablemos del dolor —le digo.

Esboza una mínima sonrisa. Me he salido del registro habitual, no lo esperaba.

—El dolor —dice, o tal vez pregunta, pero no suspira. Se quita el mechón de la frente.

—A veces es tanto... —le digo, él sabe que nunca lloro, ya no.

—Sí, lo sé.

Lo sabe. Me mira con extraña seriedad.

—¿Cómo estás con Delia? —pregunto.

Ahora se ha molestado.

—No creo que sea bueno hablar de ella.

—Pero nunca hablamos de ella.

—¿Qué querés que te cuente?

—Hablemos del yoga —le digo.

Sonríe. Tengo demasiada información: es la sonrisa verdadera.

—No —dice un momento después—. No voy a hablar de Delia con vos.

Está bien.

146

Busco la foto de mi padre en la cartera. Se la muestro.

—¿Es tu papá?

—Sí. Mirá el dorso.

Da vuelta la foto, lee.

Antes, cuando estaba embarazada de Julia, me leía. Eran folletos acerca de la lactancia, sobre los primeros meses del bebé, que nos regalaban en las charlas de preparación para el parto. Los leía antes de dormir, con espíritu didáctico. Cada uno de los consejos sobre puericultura le parecía imprescindible. Entrecerraba los ojos, susurraba las recomendaciones hasta que yo me dormía. Ahora entorna los ojos de la misma forma, lee en voz alta lo que está escrito en el reverso de la foto.

—¿Quién es A.V.? —me pregunta, después.

—Todo indica que es una mujer que se llama Ana María Veliú.

—¿Y quién es?

—¿Te acordás de ese fin de semana que fui a Miramar con Julia?

—Sí, no hace mucho.

—Encontré una remera con un escudo de un colegio de monjas y una inscripción del año 77. Una remera de gimnasia.

Arquea las cejas.

—La foto es del mismo año —le digo.

Mira la fecha, la imagen de mi padre.

—Conseguí una lista de alumnas de ese año en ese colegio.

—¿El colegio de la remera?

—Sí.

Hace una pausa, me mira fijamente.

—¿Cómo empezó todo esto? —pregunta.

Me doy cuenta de que se ha olvidado de la vez que hablamos, hace meses, cuando me dijo que me ayudaría.

—Todo empezó cuando mi mamá me recordó ese llamado que hizo mi padre antes de morir —le explico, esperando que se acuerde, pero me sigue mirando de la misma forma, de modo que continúo—. Ella escuchó detrás de la puerta, mi padre habló con alguien por unos minutos, dijo *cancha de fútbol* o *Monumental* y al día siguiente perdió el habla.

—¿El Monumental?

—Sí —le digo—. Bueno, ese llamado empezó a interesarme, creo que ya te conté todo esto, y hablé con Hernán pero me parece que a él no le interesaba como a mí. En una de esas conversaciones me dijo que mi papá habló de Miramar antes de morir.

—Por eso fuiste —dice Miguel.

—Claro, por eso. Y allá encontré esa remera con la inscripción de una competencia del año 1977. Después fui al colegio, que queda en Villa del Parque, y una mujer me dio una lista de ese año.

—¿Y entonces?

—Fui a verlo otra vez a Simón Conde, el amigo de mi papá, el que lo había ayudado para que hiciera ese llamado telefónico secreto.

—¿Para qué?

—Quería ver si le sonaba algún nombre de la lista de alumnas, pero no. Igual, esa visita fue reveladora, porque me dio la foto que te mostré. *A. V.*, viste que dice. Me di cuenta de que la remera y la foto me llevaban a la misma persona y busqué en la lista los nombres que tuvieran esas iniciales. Había dos, Analía Vázquez y Ana María Veliú. Fui a ver primero a Analía Vázquez, pero ella no es. Y me dio el teléfono de Ana María Veliú.

Miguel estira el cuerpo hacia atrás, pone los brazos detrás de la cabeza y me mira con ternura. Por un brevísimo instante, los años durante los que hemos vivido separados se desvanecen, o por lo menos es así para mí. Le conozco esa mirada indulgente, es un gesto de una clase de intimidad que ya no me corresponde, pero él no se da cuenta, está también envuelto en la fuerza de atracción de la vida que compartimos.

—Victoria, Victoria... —me dice.

—¿Qué?

Se incorpora, vuelve a poner las manos sobre la mesa.

—¿Ya hablaste con la mujer, con Ana Veliú? —me pregunta.

—No, todavía no.

Me quedo en silencio.

—No sé, es una historia rara. Tal vez todo esté sucediendo acá —dice y me toca con el índice en la frente.

—¿Te parece que la busque?

—¿Y si no es?

—No sé —le digo—. Pero tal vez sí es.

—Yo creo que es un poco arriesgado llamar a una desconocida por teléfono y preguntarle si hace treinta años fue la amante de tu viejo —dice Miguel.

—¿Vos decís que deje todo como está?

—Digo que pienses si tu imaginación no te está traicionando.

Mi imaginación es lo único que me queda, me gustaría decirle. Pero no lo hago y miro la hora. Faltan cinco minutos para que termine la clase de Julia.

—Ya va a salir —digo.

Miguel le hace una seña al mozo.

—Contame si la llamás —me dice.

Después pagamos, salimos del bar y caminamos por la calle sin mirarnos, apenas juntos, él incluso se para frente a una vidriera sin avisarme y me doy cuenta muchos pasos más adelante. Lo espero y cuando me alcanza, hace el ademán de tomarme del brazo, como para indicarme el camino, pero sus movimientos se vuelven súbitamente torpes, aturdidos, y entonces pone de inmediato las manos en los bolsillos para protegerse de la inquietud que le produce movernos por la calle al compás, otra vez la misma pareja, los padres de Julia. Parece también molesto además de inquieto, y camina rápido, casi corriendo, sin mirarme una sola vez, hasta que llegamos al natatorio y cruzamos el vestíbulo hacia la pileta.

Allí están las niñas en malla, con gorras de colores, jugando en el agua. Las vemos a través de un vidrio. Hay boyas amarillas que dividen las clases por edades, formando corredores dentro de la pileta. Busco a Julia.

—¿La ves? —le pregunto a Miguel.

—Sí, allá, al lado de la escalera.

Se zambulle, sale a la superficie y escupe agua. La profesora le hace una indicación, después toca el silbato, ha terminado la clase. Julia mira hacia la ventana donde estamos Miguel y yo, nos saluda con la mano, sonríe.

8

Es domingo. Nunca ha sido tan domingo como hoy. Las calles están vacías, la siesta lo cubre todo, el aire es estático. Deambulo por las habitaciones en penumbra. Mis zapatos hacen un ruido extraño, como si la suela fuera de metal. Voy y vengo de la cocina a la ventana del living. Hernán me sigue. Trato de aparentar naturalidad. Es algo tan fácil de hacer que empiezo a sospechar de mí misma. Tendré que hablar con María sobre este asunto de ser natural a pesar de todo, cueste lo que cueste, y ella seguramente entenderá. Es la única que entiende cuando hablo de estas cosas.

Hay una vibración insoportable en la casa. Un zumbido que yo sola parezco oír, que sale de las paredes, persistente, y atenta contra mi requisito de naturalidad a toda costa. Es lo único molesto, lo demás es fácil.

Mi padre acaba de morir. Estoy estrenando una vida sin padre. Empieza hoy, y no sé cómo seguirá. Tal vez sea así, una vida de eterno domingo, con calles silenciosas, paredes que vibran, zapatos metálicos, nada para hacer. Aunque es mentira que no tengo nada para hacer.

Hoy empieza el Mundial de Fútbol. Y Hernán cree que también la televisión en color. Pero yo no logro imaginar cómo será eso de los colores en la pantalla. Hernán dice que no es verdad que se necesite tener un aparato nuevo para ver los colores y que cuando empiecen a transmitir la inauguración del Mundial en la cancha de River todos los televisores dejarán de ser en blanco y negro, incluso los viejos como el nuestro. Al principio, yo estaba segura de que esto no era así, que se necesitaban televisores nuevos que pudieran recibir la señal en color. Pero, a lo largo de la mañana, mientras iba y venía por la casa, miraba de reojo nuestra televisión y esa certeza empezó a desinflarse, tal vez también por efecto de mis caminatas, como si se erosionara paso a paso, y ahora ya no estoy tan segura de que el blanco y negro de nuestra pantalla sea definitivo. La prima de mi madre, que está en casa para cuidarnos, dice que no vale la pena pensar en eso.

Ella nos dijo que era mejor que no lo viéramos. Lo dijo apenas llegó del hospital con la noticia de la muerte. Era una decisión, una limpia y clara decisión frente a la cual toda objeción parecía precaria o turbulenta, fuera de lugar. Dijo que quería que guardáramos el recuerdo de nuestro padre en vida.

Nunca estuve en un velatorio. Tampoco estoy ahora mismo en el de mi padre. Está sucediendo en otra parte, y allí están mi madre, los parientes,

Simón Conde, los otros amigos. Una vez vi un velatorio en una película. Las personas hablaban entre sí, tomaban café, y al fondo se entreveía un resplandor de tules bajo la luz de las velas, un espacio donde estaba el muerto y al que todos entraban con la cabeza baja. Desde esta mañana estoy tratando de imaginar qué es lo que puede verse en un velatorio real. Cierro los ojos —Hernán, que me imita mientras me sigue por la casa, hace lo mismo— y primero aparece solo el relumbrón blanquecino de tules, el cajón del que se desprende una aureola como de cristal, y nada se ve dentro, o por lo menos no para mí, y el poder que emana de ese vacío es inmenso, hipnótico, como si dentro del cajón hubiera un agujero infinito. Pero allí debe estar mi padre, envuelto en la mortaja, oculto a la vista de los otros, disimulado entre las flores y las puntillas. Tal vez parezca Beth. Beth, la hermana de Jo March. Doy otra vuelta por el living y aprieto los ojos con fuerza hasta que aparecen las figuras familiares, mi madre, los amigos, reunidos en pequeños grupos que susurran lejos del cajón, sus cabezas juntas, casi tocándose, las ropas oscuras, siempre conscientes de la presencia del resplandor de mi padre en el fondo de la casa velatoria, pero ellos también simulando naturalidad al hablar, al beber café, al tomarse del brazo para acercarse a la capilla ardiente. Es probable que mi madre esté en el centro de la escena, sea el punto móvil hacia el que se dirigen todas las miradas, y se desplace, escurridiza, llorosa, de un extremo a otro entre la gente, se siente un momento y alguien le alcance un pañuelo, una aspirina, pero al instante vuelva a levantarse, se sirva un café, se deje llevar hasta otro sillón. A su alrededor se deben de arremolinar los parientes, llegando hasta ella imantados por el espectáculo de su recientísima viudez, su delgada viudez, y tal vez mi madre se vuelva quebradiza entre el consuelo, desaparezca detrás de los hombros de los familiares, su perfil se pierda en el amparo de los amigos de mi padre. Todos deben parecer excesivamente saludables, dueños de cuerpos milagrosos por los que nunca ha pasado la enfermedad, como si la cercanía del muerto pusiera de manifiesto la inmunidad de cada uno, el secreto esplendor de la vida, el voluptuoso roce de la ropa contra la piel, el timbre único de voz, la holgura de movimientos. Incluso mi madre, al acercarse al cajón en silencio, debe lucir la lozanía que deriva de haber sobrevivido.

Hace un rato que Hernán empezó otra vez con lo del color. Dejó de seguirme y se puso a examinar la televisión, a prenderla y a apagarla, a tocar las perillas que están en la parte posterior, hasta que intervino la prima de mi madre y le dijo que se quedara tranquilo, que todavía faltaban algunas horas para que comenzara el Mundial. Es reconfortante suponer que sí tenemos el aparato adecuado. En ese caso, en el momento en que empiece la fiesta de inauguración en la cancha de River habrá un instante de confusión en la pantalla, un temblor de rayas o de imágenes superpuestas, y luego, como si cayera una gota de agua, se propagará el color. Para ese momento quizás sea mejor apagar el televisor, como dice Hernán, y dejar que el punto blanco desaparezca del todo, esperar un rato y después, volver a prenderlo. Me pregunto si habrá instrucciones que seguir, si Hernán las sabe, o si es lo mismo hacer una cosa que otra.

Por momentos, es como si no hubiera pasado nada. Quiero decir: esto es lo que había finalmente después de que mi padre se muriera. No hemos explotado. La casa sigue en su sitio. La prima de mi madre lava los platos del almuerzo en la cocina y su pelo se ilumina con el débil sol de junio que atraviesa la ventana. Allí está mi dormitorio, la cama con la colcha tejida que me regalaron para mi cumpleaños, la valija con los cuadernos de la escuela, y ese silencio de domingo que se interrumpe con el ruido de los vasos bajo el chorro de agua. No es solo que la vida continúa, es que también descubro que después del salto al vacío, de la catástrofe, tampoco pasa nada.

La prima de mi madre nos llama y nos pregunta si queremos algo. Tiene el repasador en la mano, va secando los platos mientras nos observa. Le respondemos que no y salimos de la cocina. Hernán vuelve frente al televisor, creo que sigue

157

pensando en la mejor técnica para asegurarse las imágenes en color. Un rato más tarde la prima de mi madre se asoma para espiarnos, su cabeza aparece y desaparece en el marco de la puerta del living, después se oyen los pasos rápidos de regreso a la cocina. La gente espera que haya una consecuencia inmediata. No parece advertir la vibración de las paredes ni el ruido metálico de mis zapatos.

Todavía no lo sé, pero nunca más podré ver a los muertos. Me quedaré en la puerta de los velatorios, hablando de cualquier cosa, fingiendo la vieja naturalidad, mientras adentro relampaguean los rayos helados del cajón. Solo unos metros más allá estarán las familias que lloran, las coronas alineadas detrás de los cirios, el olor intenso de las flores, y yo seguiré indefinidamente en la puerta, corriéndome para que pasen los que pueden entrar, hasta que al final me iré sin ver el cadáver, creyéndome ilesa, preservada, lozana como mi madre por haber sobrevivido. Todavía no puedo saberlo porque tengo diez años y mi padre acaba de morir, pero el hecho de no verlo muerto será incesante, estará sucediendo todo el tiempo: él allá entre las puntillas y la luz de las velas y yo en la casa, la deuda sin ojos, que lo imagina.

Hernán dispone los lugares: uno para él, muy cerca de la televisión, otro para mí, en el sillón grande que está junto a la ventana, y una silla para la prima de mi madre. De nuevo se afana un rato con las perillas de la televisión, pero después finalmente la prende, se ubica adelante, en silencio. También pregunta si mi madre va a venir para ver la inauguración, fija los ojos en mí, espera explicaciones. Le digo que ella está ocupada, que no va a venir. La prima de mi madre asiente con la cabeza desde su posición frente al televisor. Después mira el reloj y anuncia que solo faltan algunos minutos para que empiece la transmisión de la fiesta. Nos concentramos en la pantalla, donde hay un locutor que habla del Mundial, del partido entre Polonia y Alemania que se disputará después de la inauguración. Mi hermano se levanta y cambia de canal. Vemos otros locutores, hombres y mujeres, que hablan de lo mismo. Hernán dice que el único canal que transmitirá en colores es el 7 y que los demás seguirán como siempre. Le pido que ponga de nuevo el canal 7 y la prima de mi madre otra vez asiente con la cabeza. Allí sigue el hombre del traje, y Hernán se pregunta en voz alta de qué color se verá.

—Seguro es gris —dice la prima de mi madre, pero no la escuchamos porque el hombre ha desaparecido y acaba de aparecer en la pantalla el logotipo del nuevo canal, ATC, Argentina Televisora Color, acompañado de un pitido continuo que va creciendo de volumen, o eso parece al cabo de los minutos, hasta que se termina. Pero no se ven colores, a pesar del silencio casi sacro en el que nos mantenemos, como si para la aparición de los tonos fuera necesario un ambiente de contemplación extática. Así estamos los tres, frente a la pantalla muda, escrutando las letras y los bordes de esas letras, en busca de un vestigio de color, de un mínimo destello que quiebre la hegemonía del blanco y del negro, cuando suena el teléfono.

Es mi madre. Me dice que ha salido un rato del velatorio para llamarnos. Pregunta qué estamos haciendo. Le digo que estamos por ver la inauguración del Mundial. Hace un silencio, parece no recordarlo.

—Ah, claro —dice después.

Estoy a punto de preguntarle sobre el velatorio, no sé bien qué, pero algo sobre mi padre o la cantidad de gente, o tal vez simplemente sobre ella misma, y entonces mi hermano se pone a gritar porque ya ha comenzado la fiesta en la cancha de River.

—¿Es Hernán? —pregunta mi madre.

—Sí —le digo—. Está como loco con lo del color, cree que empieza hoy.

—Pero no —dice mi madre—. Me parece que no es hoy.

—¿Le digo?

—No, no le digas nada.

Cuando cortamos, vuelvo a mi posición frente al televisor. Está sonando la marcha del Mundial y se ven las tribunas repletas de gente con banderas argentinas. La prima de mi madre dice que nunca ha visto nada igual. Pero todavía, en realidad, no hemos visto nada: el campo sigue vacío, a la espera de las delegaciones de cada país, que un locutor anuncia con bombos y platillos. La gente en las tribunas agita las banderas y canta la marcha, veinticinco millones de argentinos jugaremos el Mundial, a voz en cuello, acompañando la música de los altoparlantes. Como la espera se prolonga y las imágenes son siempre las mismas, me levanto y voy hacia la cocina a buscar un vaso de agua.

—No viene el color —me dice Hernán cuando vuelvo.

—No creo que venga —le digo, pero ya no me está escuchando porque acaban de anunciar la presentación de las delegaciones que participarán en la competencia y grita como un loco al ver los grupos que marchan detrás de sus banderas.

—Mirá los brasileños —exclama y me sacude el brazo.

La prima de mi madre repite que nunca ha visto nada igual.

—Los alemanes, ahí están —grita mi hermano.

Las delegaciones dan una vuelta completa alrededor del campo, saludan a las autoridades cuando pasan delante de la tribuna oficial, la pantalla se llena de las banderas que flamean con el viento. Al ver que el desfile se extiende, me levanto y voy a la habitación de mis padres.

—No te vayas —me pide Hernán.

—Ya vengo —le digo.

La puerta está cerrada, ha estado así desde que mi padre empeoró y, por un instante, me parece oír en el interior los ruidos de los últimos días: el taco de los zapatos de mi madre yendo y viniendo alrededor de la cama, las voces apagadas que descienden a susurros si me acerco y pongo mi mano sobre el picaporte, los crujidos de la cama cuando mi padre se mueve. Pero la ilusión se desvanece apenas abro la puerta y entro. Allí, ahora, solo hay un silencio absoluto, oscuro, que repele el sonido del televisor que viene del living, lo aleja como si se produjera en otro planeta. La cama está hecha, tiene la colcha estirada, sujeta a los bordes, y los almohadones están alineados en la cabecera, y alguien ha sacado de la mesa de luz los remedios y las botellas, de modo que la apariencia del cuarto habla claramente de un final, de los mansos objetos que sobreviven después de la muerte. El efecto es tan extraño que me quedo sin hacer nada por un largo rato parada frente a la cama, hasta que veo, sobre la cómoda, la vieja foto de la luna de miel de mis padres, la foto de Bariloche. Me acerco. Allí está él, todavía un hombre joven, sin hijos, sin mí, todavía a salvo, y su mirada vibra en el papel, como si nada pudiera pasarle jamás, casi desafiante, intacta. Es, ahora, la foto de un muerto, y esa circunstancia la envuelve de una muda gravedad, la misma que irradian las paredes de esta habitación donde agonizó, su ropa colgada en las sombras del ropero, el olor estancado del encierro.

Hernán me llama desde el living. Salgo de la pieza, cierro la puerta con sumo cuidado, para proteger el reposo de los recuerdos. En el televisor la fiesta de inauguración continúa con figuras y letras que forman chicos y chicas vestidos con ropa de gimnasia. Es una coreografía inmensa que ocupa todo el campo, son ramilletes de jóvenes que corren, se entrecruzan y se ordenan hasta formar la palabra MUNDIAL, la palabra FIFA. Permanecen inmóviles por algunos minutos, las letras llegan a dibujarse con la frescura de un trazo nítido sobre el césped, y después se van separando lentamente, una fila de jóvenes que se desprende y corre hacia la derecha y otra que se desgaja con una precisión extraordinaria y avanza hacia la izquierda, formando un círculo que gira infinito bajo el sol de la tarde.

—Increíble —dice la prima de mi madre.

Desde un extremo del campo surge otra nutrida hilera de atletas que se adelanta con las manos en alto, parece que estuvieran a punto de largarse a volar, llega hasta el centro de la cancha, compone un semicírculo y, desde los extremos, los jóvenes van dividiéndose, uno por uno, con las manos todavía hacia arriba, hasta formar una paloma. Hernán, la prima de mi madre y yo miramos en absoluto silencio, hipnotizados por el despliegue y la sincronía del espectáculo, y ya no hablamos del comienzo de la televisión en color. Hernán se ha dado cuenta de que hoy no es el día. Las figuras tienen un efecto adormecedor que borra toda esperanza, suprime la ansiedad, y nos deja a la deriva en la contemplación de esas imágenes balsámicas, huérfanos, como estaremos siempre a partir de hoy.

9

Una chica de dieciocho años, le digo a Hernán por teléfono.

—Estás loca.

—Dejame que te cuente.

Pero no quiere escuchar. Dice que se va de viaje en un par de horas, que necesita prepararse.

—Tengo una foto.

Se la describo, le cuento lo que dice la dedicatoria.

—No se la habrás mostrado a mamá —dice.

—Él no nadaba, ¿no? —le pregunto, como si existiera alguna duda, como si fuera posible que una foto borrara la realidad, la pusiera en suspenso.

—¿Qué me preguntás? —se impacienta—. ¿Vos lo viste en el agua alguna vez?

—Nunca.

—¿Entonces?

—Pero en esta foto parece tan feliz en el mar. Me gustaría que la vieras. El agua le llega hasta el pecho, parece que se la hubieran sacado un segundo antes de tirarse bajo las olas.

—No entiendo que estás buscando con todo esto.

Tengo la foto en la mano, la miro mientras hablo con Hernán.

—Es la foto de un nadador.

—Estoy un poco apurado, Victoria.

—Y después se murió, poco tiempo después.

Hernán hace silencio. Las tinieblas de esos meses pasan entre nosotros.

—En junio —le digo.

—Sí, ya sé.

—Yo creo que él la llamó a ella esa vez.

—¿Cuándo?

—Esa vez, cuando ya estaba muy mal y Simón lo ayudó para que el teléfono llegara a su habitación.

—No podemos saberlo —dice Hernán.

—Me parece que sí.

—Y aunque lo supiéramos —sigue Hernán, como si no me hubiera oído—, ¿de qué serviría?

Todavía no sé de qué me serviría, me gustaría decirle.

—No me hago esa pregunta.

Vuelvo a insistir con la foto.

—¿Estás seguro de que nunca lo viste nadar?

Se ríe.

—¿Qué te pasa con la natación?

—Es que esta foto es rarísima —le digo.

Miro el pelo de mi padre. Es difícil determinar si lo tiene mojado o no, pero parece moverse por efecto del viento. Las olas rompen un poco más atrás de él, da la sensación de que fueran a tragárselo, pero esto lo pienso solo porque es la primera imagen que veo de mi padre en el agua. Doy vuelta la foto, allí está la dedicatoria.

—¿Victoria? —interrumpe Hernán, molesto por el breve silencio.

—Es de noviembre esta foto —le digo.

—¿Qué hacía en noviembre de ese año en Miramar? —dice Hernán—. Nunca íbamos para esa fecha.

—¿Y qué hacía metido en el mar? Debía estar muy frío.

El cielo en la foto es de un azul rígido, sin nubes.

—Está sacando pecho, encima —digo.

—Como un nadador —dice Hernán.

—Es que solamente un nadador se mete en el mar argentino en noviembre.

—¿De dónde sacaste esa foto?

—Me la dio Simón.

—¿Y él no te contó nada? —pregunta Hernán.

—Tiene alzhéimer.

Mi padre había logrado enterrar su secreto, incluso más allá de su muerte. Ahora A.V. es la única que lo sabe.

Le escribo un mensaje a María, contándole la pesquisa de estos últimos meses. Le digo que ahora no sé bien qué hacer. Escribo párrafos enteros sobre la sensación de estancamiento que tengo, una inmovilidad que ha surgido de la nada cuando creo estar a punto de encontrar a la verdadera A.V. Le explico que tal vez este sea el final. Me quedaré con la remera, con la foto y con mis sospechas. Quizás sea mejor que la confirmación de la existencia de A. V. en la vida de mi padre permanezca en el limbo. Tal vez, le cuento a María, armé demasiado jaleo con ese llamado que hizo mi padre antes de morir. Me veo ridícula, abrumada, hurgando en esta historia del pasado con las manos de la niña que fui, incapaz de dejar que mi padre descanse en paz. Temo haber llegado demasiado lejos y ahora, de golpe, reconocer que no vale la pena, que da lo mismo saber a quién llamó mientras agonizaba. Es que llevo incrustado el hecho de haber visto en la infancia el proceso de una enfermedad mortal. Todo lo que provenga de esos ojos que fueron míos, fijos en la penumbra de la habitación donde mi padre moría, está viciado de imaginación. No soy confiable, le escribo a María. Mi padre tampoco lo era, agrego.

También le cuento de Beth. Empiezo hablando de ese personaje de *Mujercitas*, del juego que teníamos cuando éramos chicas. Pero no menciono a Jo, que era mi personaje preferido, y también el de María. Es Beth quien me interesa porque fue parte de mi vida. Subrayo: parte de mi vida. Y después sigo contándole, mis dedos se mueven frenéticos sobre el teclado, dejando brotar aquello íntimo y oculto que guardé desde siempre. Mi padre, escribo, fue Beth, la hermana que se muere en la juventud. Me cuesta explicarlo. Fue Beth mucho antes de que lo empezara a disfrazar hacia el final de su enfermedad. Tal vez lo fue, de modo latente, incluso cuando estaba sano. Ese hombre que nos esperaba en la casa de Miramar mientras nosotros corríamos las olas ya era, en gran medida, un boceto de Beth. El hombre vigoroso que muestra la foto que A.V. le sacó en Miramar es el exacto reverso del padre que nosotros conocimos en la infancia, un hombre melancólico, que jamás se bronceaba, que soportaba los gritos de mi madre con una sonrisa casi desdeñosa, pero también finísima; un hombre de una femenina afabilidad al que las plantas resguardaban. La luz de los crepúsculos y mi padre levantándose de la silla cuando nos veía dar vuelta la esquina de regreso de la playa, esa manera tan suya de emerger de sí mismo para ir al encuentro de su familia, esa preciosa languidez para desprenderse de la visión de sus rosales, lo fueron transformando en Beth a través de los años. Éramos brutalmente vivaces al abrazarlo, le escribo a María. Era un padre que moriría joven, y como no lo sabíamos, nos faltaba delicadeza. Ahora, le confío a María, puedo ver que el juego de disfrazarlo de Beth mientras agonizaba fue, simplemente, hacer evidente un rasgo que estaba disimulado en él desde siempre.

Le cuento todo, por primera vez. El vestido que usábamos. La cartera, la cofia. La oscura sensualidad de la escena. Escribo: es algo terrible lo que hice. Después me desdigo, escribo: era lo mejor que podía hacer. La enfermedad me había enloquecido. Me doy cuenta de que estoy tratando de justificarme. No tiene sentido. Era una criatura. Pero el peso de la imagen de mi padre vestido de Beth, vestido para morir, hundido en esa gran cama matrimonial, a la luz del velador, mirándome desde la inmensidad de su padecimiento, es insoportable. Cierro los ojos mientras aprieto las teclas, tratando de serenarme, de ser precisa con el uso de las palabras, corrijo más arriba, pongo: vestido por mí para morir. A los diez años me adentré, le escribo a María, en un universo lúgubre y fantasioso, y llevé a la realidad un producto extremo de mi imaginación.

III

1

Ana Veliú es flaquísima, tiene el pelo castaño, las manos huesudas, los ojos alargados y azules, y habla con excesiva velocidad, tragándose palabras, casi sin tomar aire, con una voz grave que no se condice con su figura. Nos encontramos en el centro, en un café de la calle Montevideo, cerca de su trabajo, y cuando me ve sentada en una mesa al lado de la ventana viene hacía mí como si me conociera de toda la vida, siguiendo la descripción que le he dado hace unos días por teléfono, y se sienta sin decir una palabra. Parece maravillada ante mi existencia, sonriente hasta el extremo de parecer ridícula, con los ojos brillantes y las manos que se mueven sin rumbo por la mesa.

Hablamos durante horas, nos superponemos, completamos las frases que ha empezado a decir la otra, nos devoramos con la mirada en los silencios. Tengo una sensación de irrealidad tan virulenta que me dan ganas de tocarla para confirmar que existe. Ana Veliú es geóloga, estuvo casada dos veces y no tiene hijos. Vivió siete años en Vermont, al noreste de Estados Unidos, con su primer marido. Desde hace quince vive en Buenos Aires. A veces extraña el frío de Vermont, la aridez del clima, las casas inmensas de madera blanca, los deportes de nieve. Esas imágenes habitan en su memoria pero ya no le provocan nostalgia. Están ahí, con el rigor de lo inolvidable, como también persisten en ella las imágenes de mi padre. Entre ambas armamos por fin una única historia, la del amor entre ella y Rafael, hace casi treinta años.

Se conocieron en el banco donde mi padre trabajaba, una vez que Ana acompañó a su madre, a mediados de mil novecientos setenta y seis. La madre de Ana era una mujer que hablaba demasiado, incluso ante un empleado bancario como mi padre, silencioso y delicado, de modo que ese primer encuentro estuvo impregnado por esa voz monocorde haciendo preguntas o ampliando datos superfluos. Sin embargo, mi padre logró intercambiar algunas palabras con Ana, que esperaba en actitud de docilidad extrema que su madre terminara con el papeleo. Ella le contó que estaba en cuarto año de la escuela secundaria, le dijo el nombre del colegio y, antes de irse, cuando solo faltaban unos centímetros para alcanzar la puerta giratoria en la que ya se había sumergido su madre, le dedicó una mirada inolvidable.

Mi padre retuvo el nombre y la dirección del colegio y, al poco tiempo, empezó a frecuentar el horario de salida. Llegaba en el Dodge, lo estacionaba enfrente y se quedaba mirando detrás de la ventanilla. Observaba el grupo de alumnas con el que Ana salía, lo seguía hasta que se dispersaba en la esquina, después se marchaba. Las compañeras de Ana se preguntaban quién sería ese hombre que las vigilaba desde un auto. Tenían miedo, pero al principio también se reían mientras lo espiaban de reojo. Ana trataba de captar sus facciones, les decía a sus amigas que le recordaba a alguien, a veces se quedaba rezagada a propósito para intentar verlo mejor, pero apenas percibía que sus ojos se cruzaban, volvía a la carrera con sus compañeras.

Un día mi padre se bajó del auto. Era un hombre de más de cuarenta años y Ana tenía solo dieciocho. Enseguida se hizo evidente que, entre todas las jóvenes que corrían y conversaban, la miraba especialmente a ella. Había algo demasiado extraño en el hecho de que alguien de esa edad la siguiera y las compañeras de Ana dejaron de reírse, empezaron a murmurar, a empujarse unas a otras mientras caminaban, sospechando alguna clase de conducta aberrante en ese hombre que ahora se bajaba del auto y se quedaba mirándolas hasta que doblaban la esquina del colegio. No les era posible formular ni siquiera un pensamiento sobre las intenciones de un hombre tan mayor respecto de una de ellas, pero en las salidas del colegio comenzó a respirarse un aire de amenaza indescifrable, ante la puntual presencia de mi padre junto al Dodge. A los pocos días, Ana empezó a separarse del grupo, a rezagarse caminando más despacio, guiada por una fuerza de atracción que no buscaba comprender y que la transportaba, de modo instantáneo, a las telenovelas que veía por la tarde junto a su madre. El problema radicaba en que el hombre que la miraba día tras día desde la vereda de enfrente superaba con creces la edad promedio y Ana lo sabía, lo sabía con la mente y también con el cuerpo, mientras bajaba la vista y veía que sus piernas con medias tres cuartos se volvían lentas, para ponerse cada vez más al alcance de los ojos de mi padre. Con su andar moroso y sus rápidas ojeadas en dirección al Dodge, era cada vez más evidente que respondía al mudo cortejo. Entonces, un mediodía de fines de agosto de mil novecientos setenta y seis, mi padre cruzó la calle y le habló. Le preguntó si lo reconocía y Ana le dijo que sí, que se había dado cuenta de que era él desde el primer momento, y mi padre le preguntó si le molestaba que la hubiera estado mirando. Era preciso y estaba sereno, como si estuviera rendido a un destino. Ana no supo qué contestarle, pero le permitió que la acompañara unas cuadras. Caminaron en absoluto silencio, sin mirarse, con una sugestiva afinidad de movimientos, dominados por una creciente conmoción ante las sensaciones que les provocaba la cercanía del otro. Mi padre la despidió con la promesa de volver al día siguiente. Así lo hizo y esta vez Ana salió del colegio, saludó a sus amigas en la puerta, y miró hacia el auto buscándolo. Al verla, él cruzó la calle llena de estudiantes y se le acercó con la mayor naturalidad, como si esa rutina formara parte de sus vidas desde siempre. La acompañó algunas cuadras y esta vez sí hablaron, dejando que las palabras llenaran pobremente el abismo de locura que estaba empezando a abrirse ante ellos, como si fuera posible dosificar el impulso suicida de enamorarse de quien no se debía y hacer de cuenta que una conversación trivial alambraría los instintos. Mi padre quería acompañarla hasta su casa, pero Ana se negó. Se encontraron otra vez al día siguiente, y así durante toda la semana, y después de un mes esa breve caminata desde el colegio hasta la parada del colectivo que tomaba Ana ya se les había vuelto imprescindible.

Mi padre era paciente. Sabía que cualquier paso en falso le costaría un retroceso en la incipiente relación, de modo que esperó hasta que Ana, por propia iniciativa, le propuso que se vieran en otra parte, lejos del colegio, una tarde. Se citaron en la plaza de Villa del Parque, un sábado. Se besaron por primera vez en la esquina a la que ambos habían llegado con excesiva anticipación. Fue un beso breve, inspirado, que los mantuvo el resto de la tarde flotando en la ilusión de repetirlo. Pero mi padre manejaba las cosas con suavidad. Aunque le dio la mano para caminar entre los árboles y los juegos para chicos y le tocó el

177

pelo, casi un roce hacia el final de la tarde, no volvió a besarla. Le contó que estaba casado y que tenía dos hijos, también le dijo que volverían a verse solo si Ana quería. Antes de despedirse, le anotó en un papel el teléfono de su trabajo, donde se habían visto la primera vez, y le dijo que la esperaría.

No habían pasado dos semanas cuando Ana lo llamó para que se encontraran. Esa vez pasearon en el Dodge por los alrededores del colegio, en largas vueltas que los llevaban al mismo punto, mientras hablaban y se besaban, cada vez más ligeros con la presencia del otro, más resueltos a avanzar en la relación costara lo que costara.

Ana era virgen, y hablaron de eso una vez, algunas semanas más tarde, en la plaza de Villa del Parque. Mi padre le pedía que se vistiera y se maquillara como una mujer mayor de lo que era, para borrar los vestigios de la infancia que aún asomaban en los pómulos de Ana, en la manera de peinarse, en sus ingenuos zapatos. Ella obedecía, expectante ante lo que le deparaba la vida, y le robaba collares y pañuelos de seda a su madre, zapatos de taco alto, perfumes que olían a noches insinuantes, y se subía al Dodge como había visto que lo hacían mujeres en las películas, con una astucia en los movimientos que crecía día a día. Iba hacia mi padre con la certeza de haber hallado a un hombre en serio y, cuando por fin llegó el momento del amor, en el clímax de esa evolución que había experimentado, no tuvo miedo, no hizo preguntas y se abandonó a sus instintos.

El amor sexual la enloqueció. Empezaron a verse todos los días, a mentir compulsivamente, a veces con el único objeto de encontrarse por algunos minutos. Él volaba en el Dodge para llevarla desde la escuela hasta el instituto de inglés, y la esperaba en el auto hasta que salía, y después hacían el amor en el asiento trasero, Ana todavía con el uniforme del colegio y mi padre con su traje de empleado bancario, escondidos en alguna calle silenciosa de Villa del Parque. También iban a hoteles por hora, que a ella la fascinaban por sus luces ordinarias y el olor a desodorante de ambientes, y le mentían a mi madre, a los padres de Ana, a las compañeras del colegio, y se reían en la profundidad de los cuartos de ese escándalo de engaños.

Durante el largo mes del verano de mil novecientos setenta y siete en el que estuvieron separados, mi padre la llamaba por teléfono diariamente desde Miramar, muerto de celos ante la posibilidad de que Ana se acercara a otro hombre mientras él estaba ausente, y le pedía que le describiera con lujo de detalles lo que había hecho en el día, a quiénes había visto, qué ropa llevaba puesta, cuánto lo extrañaba. Pedía detalles, pero él también los daba: le contaba sobre la casa, el gran chalé con techo de tejas que había heredado de sus padres y en el que pasaba las vacaciones desde que era chico. Le hablaba del jardín, de sus tardes solitarias entre los rosales.

Siguieron hablando de Miramar cuando terminaron las vacaciones. La casa de la playa se transformó de a poco en un epicentro alrededor del cual giraban sus fantasías. Desde la penumbra rojiza de los hoteles alojamiento, el chalé de Miramar, lejano y luminoso, parecía un paraíso, más aún cuando mi padre, dando rienda suelta a la imaginación, le decía que algún día vivirían juntos en esa casa, libres por fin de los horarios, de las mentiras, solos en la eternidad del amor que sentían.

Los meses pasaban. Se encontraban todos los días, a veces por algunos minutos y otras, por mañanas o tardes enteras, excepto los domingos, cuando a mi padre le resultaba difícil sortear las obligaciones familiares. Nadie conocía el secreto, ni siquiera las amigas íntimas de Ana, porque mi padre no era un novio que pudiera presentarse en los bailes que organizaban en el colegio ni Ana podía referirse a él en las bromas sobre enamorados que hacían sus compañeras. Era un secreto absoluto, extraño, también vergonzante, sin fisuras, que dejaba afuera al mundo entero, y aunque a veces Ana sentía agobio ante tanta soledad, como contrapartida creía disfrutar de un amor cercado por un círculo de fuego.

En noviembre de mil novecientos setenta y siete viajaron por primera y única vez a Miramar, a pasar un fin de semana, después de mucha insistencia de mi padre. Fue durante esos días que Ana le sacó la foto en el mar. Hicieron el amor en la gran cama matrimonial donde habían dormido mis abuelos y mis padres en incontables vacaciones, y también lo hicieron en la playa, escondidos en las dunas, detrás de las carpas recién instaladas del balneario casi desierto, y tomaron sol en las escolleras, espalda contra espalda, a escasos metros de la rompiente. Él le mostró cada una de las plantas del jardín, le enseñó los nombres científicos y la forma de cuidarlas, y Ana compró un rosal en un vivero de Chapadmalal y lo plantó al atardecer junto al ángulo norte de la galería, cerca de la entrada de la casa. Mi padre le dijo que nadie se daría cuenta de que había un rosal nuevo, porque el jardín de Miramar era un reino privado sobre el que nadie le hacía preguntas.

No conocieron mayor felicidad que la de esos dos días. Acostumbrados a un régimen de horarios rígidos y a una continua sensación de despedida, ese fin de semana cuyas horas compartieron íntegramente fue un golpe de intensidad. Al regresar, todavía electrizados por la experiencia, dieron mil vueltas en el Dodge antes de despedirse, silenciosos y desconcertados, hasta que llegaron al anochecer a la plaza de Villa del Parque y allí se quedaron, sentados debajo de una de las glorietas, sin poder avanzar un paso más. Él dijo, entonces, algo que nunca había dicho antes. Dijo que quería dejar a mi madre, que ya no podía vivir sin Ana, y que ella solo tendría que esperar un poco más.

A fines de diciembre de mil novecientos setenta y siete, exactamente el 27, Ana y mi padre se encontraron en un café de la calle Cuenca. Ese último mes, desde que habían regresado de Miramar, había sido el más tumultuoso de la relación. Él la llamaba a cualquier hora del día, incluso en horarios en que los padres de Ana estaban en la casa, y cortaba si lo atendían, y después volvía a intentarlo, una y otra vez, o se aparecía directamente a la salida de la escuela, con los ojos brillantes de desesperación, y le pedía que subiera al auto, y allí, delante de las compañeras de Ana que murmuraban en la vereda de enfrente, le exigía promesas de amor eterno. Ella lo tranquilizaba y le prometía, lo besaba en público, le aseguraba que esperaría lo que tuviera que esperar, pero mi padre apoyaba la cabeza sobre el volante, cerraba los ojos como si no la oyera, y después volvía a pedirle que no lo dejara nunca. Ana creía que estaba sufriendo por dejar a mi madre, y se sometía a su desesperación dentro del Dodge y en las caminatas por la plaza y, mientras hacían el amor, se abandonaba también a sus caricias crispadas, lo dejaba ir y venir por su cuerpo sin oponer resistencia a un frenesí de rabia que a veces llegaba a lastimarla, y después, durante los breves minutos finales antes de que sonara el timbre que marcaba el término del turno, le ponía la cabeza sobre su pecho, como si fuera un niño, y le susurraba cuánto lo amaba.

Esa tarde del 27 de diciembre él ya la estaba esperando cuando Ana entró en el café. Bajó los ojos apenas la vio, y Ana le levantó la cabeza con una mano, pero mi padre hizo un gesto de rechazo. Le dijo, entonces, mientras ella sentía que el mundo estallaba en mil pedazos, que no quería verla más. Le dijo también que no esperara ninguna explicación. Ana pensó que se trataba de una broma de mal gusto, pero los ojos de mi padre estaban fijos en ella con una expresión tan decidida que entendió que hablaba en serio. Las lágrimas de Ana no lo conmovieron. Tampoco los ruegos ni, más tarde, los insultos. Ante sus sollozos repetía mecánicamente lo mismo: no quería verla más. Ella perdió el control, se levantó de la silla, empezó a gritar que no entendía por qué le hacía una cosa así, y entonces él la tomó de un brazo y la sacó fuera del café ante la atónita mirada de los viejos parroquianos, y la llevó casi a la rastra hasta la plaza donde se habían citado la primera vez. Ana trataba de desprenderse de sus brazos y lloraba con un desconsuelo animal, pero él la llevó hasta un banco, la sentó con suavidad, se arrodilló frente a ella y repitió que no quería verla nunca más. Así, arrodillado, bajo el reflejo del atardecer, repitió hasta el cansancio lo único que ya tenía decidido decirle, lo gritó y lo susurró, abrazado a las piernas de esa mujercita de dieciocho años que se deshacía de pena. Las sombras de la plaza los fueron cubriendo, y Ana dejó lentamente de llorar, porque algo en ella había empezado a endurecerse y le impedía mirarlo a la cara, y mi padre entendió entonces que debía irse.

Ana nunca supo, hasta ahora, que él la protegió de su muerte. Durante treinta años creyó que había sido abandonada. Durante treinta años mantuvo en una bruma el hecho de haberse enamorado de un hombre con una enorme diferencia de edad. El dolor, dice Ana, no la dejó vivir. Al principio era como una borrachera, un estado de temblor que desdibujaba el contorno de las cosas, la medida del tiempo, la conciencia de su cuerpo. Más tarde sobrevino un odio como un diamante, que le quitaba la respiración. Llamó muchas veces al banco, pero él se hacía negar, y un poco más adelante, le dijeron que ya no trabajaba más allí. Cortaba cada vez con un grito de furia, y se juraba a sí misma no volver a intentarlo. Como él nunca le había dado la dirección o el teléfono de nuestra casa, Ana buscó en la guía telefónica por el apellido, pero no encontró a ningún Rafael. Igualmente, ya casi como un ejercicio de resignación, intentó con esos números improbables y se embarcó en estériles conversaciones con desconocidos que nada sabían de la existencia de mi padre.

Había desaparecido. Ana tenía dieciocho años y una nula experiencia en desengaños, de modo que una vez que superó la primera fase de extremo dolor, se replegó dentro de una corteza inmune al mundo que la rodeaba. Se volvió dura y hermética, como si tuviera una vara de metal insertada de punta a punta en la espina dorsal, y así atravesó esos años de juventud, entumecida por una rigidez que le quitaba sensibilidad pero también le aplacaba el dolor. Mi padre se había esfumado de un día para otro y ella repitió un gesto idéntico con los recuerdos que le habían quedado de la relación: los borró de un plumazo, prohibiéndose las imágenes que la atormentaban, de modo que algunos meses más tarde su pasado se le había vuelto extraño, otro país, una superficie yerma que nada reflejaba.

En mayo de mil novecientos setenta y ocho, quince días antes de que empezara el Mundial y cinco meses después de la ruptura, Ana recibió un último e inesperado llamado de mi padre. Cuando escuchó su voz creyó que estaba soñando, tanto era lo que había deseado volver a oírla y, aunque tuvo un primer impulso de cortar, siguió con la conversación. Él le habló casi en susurros, le dijo que no la había olvidado. Ana creyó escuchar que lloraba y eso la perturbó hasta el extremo de paralizarla, de manera que no le hizo preguntas ni reclamos sino que se quedó en absoluto silencio, mientras él le decía una y otra vez que con ella había conocido el amor verdadero. Parecía tristísimo y apurado por cortar, pero Ana lo retuvo unos instantes más en el teléfono diciéndole que desfilaría en la fiesta de inauguración del Mundial quince días más tarde y que él podría verla por televisión. Fue lo único que dijo en el breve diálogo.

Bajo el sol del otoño, entremezclada con los cientos de estudiantes secundarios que habían sido elegidos para participar en la inauguración, Ana había ensayado durante horas las figuras en la cancha de River, cada uno de los desplazamientos coordinados para formar la palabra MUNDIAL, y mientras corría por el césped y se concentraba en conjugar sus movimientos con los del resto, pensaba lateralmente en mi padre, en sus manos tocándola, y entonces cerraba los ojos mientras se desplegaba hacia la izquierda al frente de una columna, y sentía el viento del estadio vacío arrastrando esos recuerdos. Después de la escuela, dos o tres veces por semana, y aún con mayor frecuencia cuanto más se acercaba el inicio del campeonato de fútbol, Ana había practicado la mejor forma de componer la letra I de MUNDIAL, avanzando desde el fondo en una sola línea de atletas y después abriéndose en un ramillete de hileras que formarían cada una de las letras. Ella estaba en la base de la I, era casi la última en alcanzar su posición, y cuando al final la palabra quedaba lista, tenía que sentarse y ovillarse como una bolita, la espalda curvada, las manos tocando los pies, en una inmovilidad total para que el efecto general fuera apreciable. Esto último le dijo por teléfono a mi padre, su ubicación exacta en el armado de la palabra, a fin de que él pudiera encontrarla durante la transmisión de la fiesta. Se lo repitió un par de veces, porque él no la escuchaba bien, y después, llevada por un impulso del que se arrepintió más tarde, le cortó.

Ana nunca supo que mi padre no llegó a verla.

2

El día estaba claro y el auto avanzaba en la ruta a una velocidad sostenida. Era casi el final del viaje. Faltaba poco para llegar a Mar del Plata y ya se veían algunos carteles con avisos de hoteles o de neumáticos. Ana hubiera querido almorzar en Mar del Plata, pero era demasiado temprano, y entonces cruzarían la ciudad sin detenerse. Eso le había dicho Rafael, que no valía la pena parar faltando tan poco para llegar a Miramar, y ella había estado de acuerdo. La sensación que los dominaba de a ratos, en especial cuando pasaban largos tramos sin hablar, era una euforia por completo física, que a Ana la obligaba a apretar con fuerza los párpados. Era algo que había aprendido en la relación con Rafael: había momentos en que la vida se impregnaba de tal manera de electricidad que ella no sabía si se trataba de una sensación placentera o desagradable.

—¿Ya hiciste el amor? —le había preguntado él, su cara a pocos centímetros, en la plaza de Villa del Parque.

—Algo así —había dicho Ana, y entonces Rafael había largado una breve carcajada y después, inmediatamente, la había cortado en seco con un carraspeo, y se había puesto serio.

Ana había tenido algunos novios de su edad, jóvenes del colegio de curas que la esperaban a la salida de la escuela y la llevaban abrazada por cuadras y cuadras hasta su casa. Las monjas de primer año le habían dicho que había que tener cuidado con los hombres porque tenían los «órganos sexuales exteriores». Pero esos chicos de blazer azul no eran hombres todavía, se reía Ana con sus amigas, eran solamente niños que trataban de meterle la mano debajo del jumper mientras el flequillo les tapaba los ojos.

—¿Así cómo? —le había preguntado Rafael estirándose hacia atrás en el banco de la plaza. Era una verdadera pregunta, para ser respondida en detalle, y Ana creyó que había llegado el momento de confiar plenamente en un hombre.

Todo sucedía cuando los padres no estaban.

—¿Todo? —había preguntado Rafael.

Ella era alta y muy delgada, casi demasiado, y tenía pies y manos grandes, la piel dorada a la altura de los nudillos.

—No voy a contarte detalles —había dicho Ana.

En el silencio que había seguido después, Rafael la había imaginado trenzada con otros hombres en las camas de habitaciones juveniles, camas estrechas de una plaza con acolchados azules como los blazers de los estudiantes, besándose, tocándose, el pelo de Ana desplegado sobre la almohada.

No conocía la casa, ni siquiera por fotos. Pero Rafael le había hablado mucho sobre ella. Había insistido durante meses para que Ana fuera un fin de semana a Miramar, y ella enredó a sus padres en un sinnúmero de mentiras para que le dieran permiso. Dijo que iría a la casa de una amiga, que necesitaba estar lejos, solamente por un fin de semana. Dijo que llamaría por teléfono apenas llegara. Rafael siguió con avidez el proceso. Por momentos parecía a punto de perder el control y la atiborraba de excusas y estrategias, le describía los detalles del viaje como si ya lo hubieran vivido, el mar, la casa, el jardín, la ilusión de despertar uno al lado del otro. Quería convencerla de la necesidad de esa experiencia luego de meses de encuentros fugaces en hoteles y plazas, y le aseguraba que después de Miramar una nueva vida comenzaría para ambos. A Ana le hacía gracia que ese hombre del que se había enamorado tuviera esa clase tan sencilla de ilusiones: verla, simplemente, recién despierta, en una casa donde no sonaría el timbre final de los hoteles por horas, y tenerla para él, como le decía mientras caminaban por la plaza, un fin de semana completo. Con el correr de los días, los planes del viaje se transformaron en lo único de lo que hablaban, dónde se encontrarían por la madrugada para salir a la ruta, qué ropa llevaría puesta para estar cómoda —Rafael era preciso en sus fantasías, le pedía que se dejara el pelo suelto, que ese día no se maquillara, que no se pusiera corpiño—, de modo que cuando finalmente los padres de Ana aceptaron y la fecha prevista se precipitó, cayeron otra vez en ese apretado silencio de euforia que tanto los estremecía.

Ahora estaban llegando a Mar del Plata. Ana tenía el pelo suelto, la cara lavada y llevaba la remera sobre la piel, pero Rafael ya se había olvidado de sus exigencias de amante. Cada tanto, la miraba de reojo, y se preguntaba cómo haría para retenerla una vez que ella terminara el secundario y se lanzara de pleno a la vida adulta, al trabajo o a la universidad, siguiendo a pie juntillas el derrotero de una joven educada en un colegio de monjas. Ana era dócil y prudente, parecía demasiado sensata para sus dieciocho años. Rafael sabía que el cerco que había logrado construir alrededor de ella se iría esfumando a medida que pasara el tiempo. Esta amenaza de pérdida, que tal vez nunca antes había sentido con tanta nitidez como ahora, mientras observaba su perfil recortado contra la ventanilla del auto, volvía aún más valioso el paisaje de las afueras de Mar del Plata, las casas desperdigadas al costado de la ruta, el aire límpido que se mezclaba con el incipiente viento del mar, y entonces Rafael, que acababa de cumplir cuarenta y cinco años, sintió desesperación.

—Si querés almorzamos... —dijo.

Ana se desperezó.

—Pero vos no querías parar.

—¿Entonces?

—Sigamos —dijo Ana.

La ciudad aparecía a ramalazos y los distraía. Debían cruzarla para llegar a la ruta que llevaba a Chapadmalal y más adelante, hasta Miramar. Era un camino que Rafael conocía al dedillo, pero se cuidaba de demostrarlo, incluso ante sí mismo, inventándose un juego secreto que se reproducía mientras manejaba. Hacía como que no sabía, nunca lo había sabido, era esta su primera vez yendo a Miramar. Avanzaba, doblaba, abandonaba una avenida con mucho tránsito, frenaba en un semáforo, volvía a avanzar. Así corrompía íntimamente los desplazamientos mecánicos, deshacía las horas de manejo automático, tironeaba de la costumbre para aligerarla, para aliviarse un poco, y por momentos, el pasado colapsaba y se desvanecía, sus implacables prerrogativas prescribían y Rafael, entonces, se sentía otra vez el niño original que había estrenado ese camino hacía cuarenta años.

Ana, en cambio, estaba descubriendo el itinerario verdaderamente. Había estado en Mar del Plata un par de veces cuando era chica, pero de esas imágenes borrosas no se desprendía más que un tinte grisáceo, un manchón que abarcaba desde el mar hasta el hotel en el centro. Ahora miraba por la ventanilla a los turistas del tardío noviembre, vestidos prematuramente para el verano, que cruzaban frente al auto con niños de la mano o sobre los hombros. Corría un viento suave, que inflaba las lonas de las carpas recién instaladas que Ana alcanzaba a ver desde el auto, y al final de la franja de arena se adivinaba un mar esmeralda, encrespado, un mar intermitente que desaparecía desde algunos ángulos y volvía a aparecer, a veces nítido y cercano, de pronto inmenso, en ciertas esquinas.

Después la ciudad comenzó a ralear otra vez, los edificios quedaron atrás, cruzaron Punta Mogotes, los chalés con parques delanteros que se ondulaban hacia los ojos de Ana detrás de la ventanilla. Absorbía lo que veía, esa bocanada de mundo. Estaba encandilada con lo que sucedía dentro y fuera del auto, el paisaje y Rafael, y ella misma, casi inesperadamente, en la intersección de esas estampas. *Delgada como un mimbre*, pensó, dijo en voz baja, eso que Rafael le había dicho algunas veces y que ahora encajaba en lo que estaba sintiendo como la más aceitada descripción. Delgada como un mimbre, deslizándose por el resquicio que dejaba la confluencia del paisaje, allí afuera, con Rafael, mientras manejaba.

Ahora los últimos chalés también quedaron atrás. El auto avanzaba en línea recta por la ruta sin pavimentar que unía Mar del Plata con Miramar. Faltaba poco para llegar y Ana se puso en movimiento dentro del auto, estiró las piernas, revolvió las cosas que habían dejado en el asiento de atrás buscando su bolso, recogió los papeles de caramelos, los cigarrillos.

—¿Vamos a la casa? —preguntó Rafael.

Ana lo miró, sorprendida.

—¿Y si no adónde?

—Podemos ir primero a la playa y después a la casa.

En el tramo final, el viaje se volvía más lento, entraba en la dimensión de la llegada, comenzaba a ponerse exasperante. Allí estaba el arco de bienvenida, la rotonda de la entrada y el cartel que decía *Miramar, ciudad de los niños*. Rafael recitaba lo que iba apareciendo y Ana escuchaba esos nombres como si fuera la primera vez: bienvenida, rotonda, ciudad. Después aparecieron la playa, los balnearios, y Rafael ya no decía nada porque estaba tratando de ponerse en el lugar de Ana, de meterse en el cuerpo de Ana, ser jovencísimo otra vez, empezar la vida elástico como un mimbre, bajar del auto sin memoria, oír el tintineo de las llaves en el bolsillo del pantalón mientras elegía al completo azar un balneario cualquiera y, después, finalmente, correr por la escalinata hasta la arena.

—Me voy a meter en el mar.

Ana se rio.

—Hace un poco de frío.

—No importa. Me voy a sacar el pantalón y la camisa.

Ana lo ayudó a sacarse la ropa. El pelo se le metió en la boca por el viento. Dobló el pantalón, la camisa. Rafael corrió por la arena y ella lo siguió hasta la orilla. *Va a morirse de frío*, pensó. Tal vez tendría que ir a buscar una toalla al auto. Era apenas noviembre. Él caminó entre las pequeñas olas de la orilla, le tiró un beso y avanzó hacia dentro del mar. Ana se acordó de la cámara. Allí estaba, en el bolso.

—¡Rafael! —lo llamó.

Él se dio vuelta, los ojos le brillaron al ver la cámara.

3

Ahora, Ana sabe. El pasado entraña un problema de información. Para ella, mi padre acaba de morir. Su muerte ocurrió hace treinta años y él se la ocultó generosamente, pero ya no es un secreto. Ahora Ana tiene una explicación para el abandono. Dice, por teléfono, que nunca es tarde. Hablamos un par de veces después de nuestro primer encuentro. Quedan restos de información que creemos que debemos compartir. Hay una zona íntima que también le entrego: las discusiones entre mis padres. Lo único que me interesa es que la fluidez de la información no se interrumpa. Le cuento, entonces, que una vez los escuché discutir a los gritos en el dormitorio. Tal vez fueron muchas veces, pero se han condensado en esa noche en la que mi madre le gritó imbécil. Aulló, le digo. Imagino los ojos de Ana mientras le cuento esto, la más honda intimidad del matrimonio que formaban mis padres. Mi hermano y yo los espiábamos detrás de la puerta. Ahora también Ana Veliú, con sus dieciocho años, está detrás de esa puerta, conteniendo la respiración, con su uniforme de colegio de monjas.

Mi padre la salvó, le digo. Nadie sobrevive a la visión de una agonía. Ella dice que, sin embargo, la llamó para despedirse. Yo le doy detalles: Simón Conde, el mejor amigo de mi padre, alargó el cable del teléfono hasta la habitación porque él ya no podía moverse. Después de hablar con ella, perdió el lenguaje. Tenía la lengua trabada, le digo. Ana pregunta qué significa «trabada» exactamente. Una lengua de trapo, le digo, como si fuera un muñeco. Le cuento, también, que mi hermano escuchó que dijo «Miramar» en sus últimos días, usando esa lengua de trapo. Probablemente estuviera pensando en ella. Nunca lo sabremos con certeza. Ana quiere saber cuánto duró la agonía. Dice que los datos precisos la ayudan a imaginar. En nuestro primer encuentro le conté que murió en el Policlínico Bancario, un día antes de que empezara el Mundial de mil novecientos setenta y ocho. Pero ella ahora pregunta quién estaba con él. Mi madre, le digo. Ambas hacemos un breve silencio e imaginamos esa última escena, y la voz de Ana se vuelve ronca cuando regresa de ese momento del pasado. Tal vez haya llegado a la frontera de lo que quiere saber y vea, más adelante, cómo se acumulan las preguntas que no hará para evitarse precisiones demasiado dolorosas.

En la última conversación telefónica que mantenemos, me cuenta que volvió una sola vez a Miramar, con su primer marido. Dice que pasó por enfrente de la casa, guiándose más por la intuición que por el recuerdo del recorrido que había hecho con mi padre. Dice también que vio a una pareja en el jardín, un hombre y una mujer jóvenes. Le pregunto en qué año fue, pero no se acuerda. Ahora soy yo la que quiere ver lo que Ana ha visto, ajustar la imagen hasta alcanzar las facciones de esas personas que caminaban en el jardín. Es probable que hayamos sido nosotros, Miguel y yo, y para confirmarlo le pregunto si no pasó a principios de los años noventa, pero ella repite que no se acuerda y que además fue solo un vistazo desde un auto en movimiento.

Antes de cortar, le digo que me gustaría ver la fiesta de inauguración del Mundial, en la que ella desfiló. Quiero saber cómo puedo conseguir el video y Ana me pasa una dirección en Internet donde ella lo ha visto. Le pido que me repita dónde estaba ubicada exactamente.

No sé si volveremos a hablar otra vez.

Julia me pregunta qué estoy viendo.

—Una fiesta en una cancha de fútbol.

—¿Y esos qué hacen?

—Están formando una palabra, ¿ves?, se van juntando hasta formar las letras.

Pone un dedo sobre la pantalla de la computadora.

—¿Estas letras?

—Sí.

—Dice MUNDIAL '78.

—Es el año en que se jugó ese Mundial.

—¿Vos lo viste?

—Yo tenía diez años, y no me interesaba mucho. Sí vi esta fiesta, por televisión.

—¿Diez años tenías?

—Sí.

—Fue cuando se murió tu papá.

—Sí, justito.

—¿Mi papá también se va a morir cuando yo tenga diez años?

—No, no se va a morir. ¿Por qué me preguntás eso?

—Se me ocurrió.

Ahora desvía los ojos de la computadora y me observa con atención. La abrazo, nos quedamos así mirando las imágenes de la fiesta. Las vi decenas de veces desde que bajé el video de Internet, y cuando aparecen los jóvenes vestidos de blanco que más tarde formarán la palabra MUNDIAL y se alinean al fondo de la cancha para empezar el espectáculo, ya desde ese momento me fijo si logro encontrar a Ana Veliú en medio de los estudiantes. Las figuras son borrosas, es imposible distinguir las caras, ni siquiera si son hombres o mujeres, aunque a veces una cola de caballo que ondea con el viento delata a una chica entre el resto, o un torso musculoso que se adivina debajo del uniforme sugiere un varón. Las identidades son indiscernibles. Lo son cada vez más a medida que la fila avanza hacia el centro de la cancha y va abriéndose en una V gigantesca y velocísima, lo son a pesar de que acerco mi cara al monitor todo lo posible, y lo siguen siendo más tarde, cuando empiezan a formarse las letras, en el instante en que siempre creo que finalmente podré verla, la figura de Ana recortándose, nítida, frente a mí. Pero no hay caso, por más que fijo la vista hasta que se nubla la imagen, no hay manera de saber quién es quién en la palabra MUNDIAL, y mucho menos en la I, allí donde se apretujan los chicos y las chicas para representar lo más exactamente posible la esbeltez de esa letra.

Me pregunto si mi padre hubiera conseguido verla. Tal vez, si desde su cama de enfermo hubiera descubierto la posición exacta de Ana Veliú, habría alcanzado cierta calma. De eso se trata, del sosiego que produce encontrar lo que se busca, de la ilusión engañosa que promete círculos cerrados, historias plenas, finales felices o, como mínimo, desenlaces cumplidos, rematados por una imagen reparadora, compensatoria. Una chica que se vuelve visible, de pronto, en una fiesta multitudinaria de hace treinta años.

La muerte de mi padre sigue hablando, sin cesar. Ahora tengo más información sobre las circunstancias que la rodearon, pero en esencia los efectos de su desaparición siguen siendo los mismos. Esos efectos no tienen fecha de vencimiento y hablan de la niña que vio una agonía, que la sigue viendo a través de los años, y de la imposibilidad de lograr que ese sufrimiento —el de mi padre, el mío, el de Ana— se acalle. Los ausentes nunca hacen silencio. Hay que vivir con ese clamor de noche y de día. Los ausentes siempre son visibles. No hay forma de disimularlos.

Yo también, como Ana Veliú, ahora sé algunas cosas que antes no sabía. Sé lo que dijo mi padre en esa secreta conversación que tuvo con ella antes de morir. Y sé que Miguel ya no volverá. Los finales felices casi siempre suceden en otra parte.

Pero queda Miramar. Nos queda la casa. El jardín.

Este libro se terminó
de imprimir en
Fuenlabrada, Madrid,
en el mes de
marzo de 2023

MAPA DE LAS LENGUAS UN MAPA SIN FRONTERAS 2023